Destino: Quando Encontramos a Alma Gêmea

Rowan Knight

Published by 22 Lions Publishing, 2019.

Sumário

Direitos Autorais

Destino: Quando Encontramos a Alma Gêmea
Escrito por Rowan Knight
Copyright © Rowan Knight, 2019 (1ª Ed.) Todos os Direitos Reservados.
Publicado por 22 Lions Bookstore & Publishing House

Sobre a Editora

Sobre a 22 Lions Bookstore:
www.22Lions.com
Facebook.com/22Lions
Twitter.com/22lionsbookshop
Instagram.com/22lionsbookshop
Pinterest.com/22lionsbookshop

Dedicatória

Este livro é dedicado à protagonista principal da história apresentada aqui. Ela insistiu para que escrevesse um livro sobre nosso relacionamento, mas provavelmente não percebeu que também estava me pedindo para escrever uma história baseada em realidade, e não um conto de fadas ou um romance de ficção. Portanto escrevi toda a verdade aqui, desde quando me apaixonei por ela até o que aconteceu mais tarde entre nós, assim como o que sei sobre o futuro dela.

Espero que um dia ela possa ler este livro várias vezes, até que consiga entender o que queria que visse desde o começo.

Tenho a certeza de que, com cada leitura, qualquer pessoa pode descobrir uma nova e mais profunda camada em relação à razão pela qual estávamos destinados a nos encontrar, pois isso estava realmente escrito nas estrelas. Fomos e sempre seremos almas gêmeas.

Introdução

Nunca imaginei que um dia meu próprio conhecimento e empatia me aprisionariam em um caminho para o verdadeiro amor, para encontrar a mulher com quem poderia passar o resto da minha vida. Mas aparentemente, foi o que aconteceu.

Seguindo um caminho mais espiritual e edificante na vida, acabei encontrando o desafio final no aceitar essa verdade com um coração aberto no lugar mais inesperado que já considerei — uma pequena cidade na região báltica, chamada Vilnius. É onde encontraria, a mulher que capturou minha alma de forma forte através dos olhos mais cativantes que já vi.

Nesta história, existe um caminho de autodescoberta, mas também a descoberta de duas almas gêmeas, e só o livre arbítrio poderia dizer o que cada um de nós faria com a experiência de testemunhar o confronto das semelhanças, medos e diferenças.

Iríamos viver em direção a um objetivo comum ou simplesmente sofrer?

Deveríamos estar juntos para sempre ou apenas experimentar o amor por um tempo?

O sexo era o melhor que podíamos oferecer um ao outro, ou existiria muito mais?

Acredito que um dia podemos olhar para o que aconteceu e responder essas perguntas com mais clareza.

Não posso dizer que não tenha sido, no mínimo, muito intenso.

Capítulo 1

Em setembro de 2014, saí da China e mudei-me para uma pequena cidade em Viseu — Portugal.

Coincidentemente, Gloria chegou a Portugal no mesmo mês, mas em Lisboa.

Depois, em Outubro do mesmo ano, mudei-me para o sul de Portugal — Algarve.

Gloria foi até lá com amigas, no mesmo mês e por algumas semanas de férias.

Curiosamente, passei esses meses sozinho e ficaria muito feliz por tê-la encontrado.

Reparei nela, passando com os outros, mas o destino não iria nos colocar juntos nesse momento. Ela ainda era apenas mais uma estranha para mim.

Em janeiro de 2015, Gloria iniciou um relacionamento com Rui de Cabo Verde, e minha ex-namorada, Fang, da China, entrou novamente na minha vida de surpresa para reiniciar o relacionamento comigo.

Por causa dela, mudei-me para os Estados Unidos por alguns meses. Mas um telefonema dum de meus primos, que não via há muitos anos, convidando-me para sua casa, fez-me viajar de volta a Portugal, desta vez para Lisboa, para me encontrar com ele.

Vi Gloria algumas vezes, passando com seu novo namorado, pois ainda estudava na mesma cidade.

Algo no meu coração ardia quando a encontrei de mãos dadas com ele como se minha alma estivesse me dizendo que ela deveria estar de mãos dadas comigo.

Em muitos momentos, poderíamos nos ter encontrado e começado nosso relacionamento. Cruzamos caminho muitas vezes, e por um tempo, éramos solteiros. Mas, por algum motivo, isso não aconteceu. E, no entanto, desde minha infância que estava tendo sonhos com sua cidade natal.

Sabia onde ela estava, embora não soubesse como encontrá-la. Sabia como era sua cidade natal, mas não sabia em que país era ainda.

Da mesma forma, ela estava sentindo um profundo impulso para viajar para Portugal para me encontrar.

Depois de terminar meu relacionamento em 2016, viajei para a Dinamarca. E, novamente, quase encontrei Gloria, porque ela também foi lá, para visitar seus pais.

Depois disso, visitei seu país, quando ela já estava de volta e solteira novamente, agora trabalhando como garçonete.

A vi em um restaurante, mas por algum motivo, nós ainda não conversávamos um com o outro.

É intrigante notar quantas vezes nos cruzamos e até olhámos um para o outro, mas seguimos perdendo um ao outro de vista.

Certamente deveríamos estar juntos desde o nascimento, mesmo que ela nascesse muito depois de mim. Isso teria que ocorrer. Mas até então, não sabíamos como nos chamar pelo primeiro nome.

Voltei para Espanha depois dessas férias e pedi a alguns amigos, que são cartomantes, para ver nas cartas onde deveria viajar em seguida.

Eles me indicaram a Lituânia. E assim, mudei-me para lá.

Eles estavam certos, pois finalmente conheci Gloria na mesma noite em que cheguei.

Infelizmente, até então Gloria já tinha uma enorme coleção de ex-namorados e noites de sexo casual com estranhos e ter um relacionamento sério não estava mais em seus planos.

Penso que estava tentando compensar o amor que não conseguia encontrar e perdendo sua capacidade de amar ao longo do caminho.

Sua alma precisava de mim. Mas seu coração não podia esperar.

Gloria estava procurando o amor com todos os homens com quem dormia?

Ou estava tentando me encontrar dormindo com tantos homens quanto poderia?

Ou simplesmente desistiu de amar alguém?

DESTINO: QUANDO ENCONTRAMOS A ALMA GÊMEA

Gloria ainda era jovem, apenas 22 anos, mas já muito alterada e drasticamente por suas experiências passadas, e mais interessada em sexo do que em amor.

Era difícil conhecê-la sem qualquer intenção sexual. Ela parecia ter apenas interesse em homens para relações sexuais e nada mais que isso.

Mal conseguia ter uma conversa normal com ela apesar de sentir uma forte química entre nós.

Essa química foi sentida à distância no início, mesmo antes de começarmos a conversar um com o outro.

Não conseguia tirar meus olhos dela apesar da nossa óbvia diferença de idade.

De certa forma, acredito que essa diferença era na verdade a melhor garantia de que poderia fazê-la feliz e mudar sua vida numa boa direção.

Minha vida já estava indo bem, estava viajando pelo mundo e indo para onde quisesse, e só procurava alguém como ela para me ajudar a aproveitar mais, com menos solidão e mais amor.

Gostaria de poder fazer Gloria ver o que podia ver e levá-la até milhares de anos de memórias que cruzam minha mente toda vez que olho em seus olhos. Mas isso não é possível.

Algo em seu coração diz que estou certo e que pode confiar em mim, mas não pode negar seus medos, emergindo com tais sentimentos. Medos que aumentam em intensidade à medida que se fortalece com as emoções que vêm do fundo de seu coração, emoções que conheço bem, mas que para ela ainda são difíceis de entender.

E como posso explicar a alguém que conheço as vidas passadas que ela não conhece? Que posso ver sua alma em todo o seu espectro, ou suas muitas manifestações anteriores? E identificar as razões que a trouxeram até mim, mesmo para além de seu raciocínio ou desejos momentâneos?

Enquanto Gloria acredita que tudo entre nós se desenvolveu rápido demais, não foi rápido o suficiente para mim, não é rápido o suficiente, quando as recordações de muitas vidas se misturam em uma, e no momento presente.

A vida é curta demais para ser desperdiçada, e uma oportunidade como esta não pode ser negligenciada.

A cada passo do caminho, ela beneficia do dom do livre arbítrio, um presente herdado em cada alma humana, permitindo-nos fazer nossas próprias escolhas e explorar uma infinidade de universos e realidades.

É por isso que a vida é simples e complexa também, além de complicada.

As complexidades emergem das muitas opções que posso ver em torno de Gloria, nenhuma das quais gostaria que ela tomasse.

Essas opções, queria que ela não visse. Porque são ilusões e não mais que isso. Tais opções, que podem se transformar em complicações, surgiriam das divagações de sua alma; ao contemplá-las, ao se hipnotizar e deixar surpreender por elas, ao pensar conhecer coisas que não conhece de verdade; ao confiar em seus olhos e impulsos, mesmo quando sua alma grita "não".

São complicações que, ao observar Gloria, dentro desse labirinto, posso ver puxando-a e empurrando-a como uma tempestade selvagem, que ela não sabe controlar, uma tempestade usando a fraqueza de seu coração como força.

A razão pela qual seu coração é fraco é porque ela nunca amou verdadeiramente alguém.

A simplicidade de tudo isso é demasiado simples para ela ver. E temo mostrar isso a ela, pois corro o risco de perdê-la ao fazê-lo.

Se mostrar a Gloria nosso futuro, ela irá desafiá-lo com medos.

Se mostrar meus sentimentos, ela irá testá-los.

Se lhe oferecer minha confiança, ela irá ameaçá-la.

Se mostrar a ela, seu verdadeiro eu, ela vai rir, como uma louca que nunca viu o que se esconde por trás do véu de sua personalidade auto-enganadora pensando em si mesma como sendo sensata.

Tudo o que acabei de dizer pode ser resumido na identidade de Gloria. Quando Gloria me diz que não se conhece muito bem, está descrevendo, em suas próprias palavras, tudo o que mencionei aqui.

Mas conheço-a, conheço-me e conheço a nossa conexão, e posso mostrar-lhe este paradoxo.

Mas tais observações me levam a outro ponto, que é a razão pela qual conheci Gloria.

Ela representa um passo muito importante na minha jornada espiritual, quer escolha estar comigo para sempre ou não. E isso não posso mais negar. Está feito.

DESTINO: QUANDO ENCONTRAMOS A ALMA GÊMEA

É como deveria ser, porque coloquei esse caminho à frente dos meus desejos, vontade e medos.

Poderia ter feito tudo de outra forma?

Não quando observo a transmutação alquímica que me levou até Glória.

E, no entanto, apesar de tudo o que sei, mais uma vez, abandono minhas armas, coloco meu escudo e capacete no chão, e sigo em frente, na direção do invisível e meus inimigos mais fortes, com apenas um coração cheio de vontade.

Este coração viverá além da minha morte.

Minha vontade se encontra em Gloria, sua natureza, com todas as suas tempestades, vulcões e luz também.

Esta vontade pode permanecer até nossos últimos dias nesta vida e mais além. Ou pode simplesmente desaparecer em seu cumprimento. Porque não posso negar que a amo, e não vou amá-la menos nos próximos anos, já que este amor permanece o mesmo desde que a vi, e permanecerá no futuro que imagino. Um futuro que, embora dependendo fundamentalmente de sua vontade, nunca diminuirá o que já sinto.

A única coisa que irá mudar, se for a palavra que podemos usar aqui, é a certeza de meus sentimentos, pois garantem a certeza da minha visão.

Esta visão, constantemente me puxando para um futuro que já conheço, me faz agir em relação a ela, não apenas como uma pessoa que conheci recentemente, mas alguém que sei que irá se transformar, mudar e manifestar uma nova realidade nos próximos anos, se tal é a vontade dela, dentro dos limites da liberdade de sua alma e da profundidade de meu coração.

Sinceramente, não acredito que Gloria tenha qualquer escolha, porque sua natureza é autodestrutiva.

Permitir que nosso amor desapareça para que ela explore qualquer outra alternativa seria como sucumbir à morte.

Gloria me encontrou para viver através de mim e já sei disso. Eu apareci em sua vida como sua última chance, e ela certamente orou por isso.

Eu até lhe disse isso mesmo:

— "Eu sou aquele por quem você orou antes de aparecer em sua vida."

— "Não pode ser!", Gloria respondeu enquanto olhava perplexa para meus olhos.

— "Sim, eu sei, esta é a verdade. Nada em nosso relacionamento é uma surpresa para mim, e é por isso que sei como a fazer feliz.

A única coisa que não posso fazer é tomar suas próprias decisões ou controlá-las, ou controlar sua personalidade", lhe assegurei.

Capítulo 2

Já sabia, quando cheguei em Espanha, que não deveria estar lá.

Também sabia, quando terminei um relacionamento de cinco anos, e até antes disso, que deveria ter terminado muito antes.

Sabia igualmente, ao fazer regressões a vidas passadas, que não estava resolvendo meu passado tanto quanto me preparando para um futuro no qual Gloria seria incluída, como se mil anos atrás no tempo tivessem que se encaixar no presente.

No entanto, apesar de saber tudo isso, não conseguia impedir minhas ansiedades, medos, preocupações e desejos, os quais construíram as tempestades da minha própria ignorância.

As tempestades me puxaram para muitas mulheres que foram afastadas tão rápido quanto se apaixonaram por mim.

Conheci muitas mulheres bonitas que estavam tão atraídas por mim quanto eu estava por elas, e pude ver como fomos separados. Porque, apesar de tudo o que poderia ter pensado, não estávamos destinados a ficar juntos.

Deveria encontrar Gloria desde o começo.

Existem significados muito mais fortes na vida do que qualquer razão pode compreender. E nesses significados, encontro a voz de Deus, a quem obedeço, apesar da minha falta de consciência quanto às Suas intenções.

De fato, sei agora que o que durou cinco anos com minha ainda muito amada Fang, poderia ter durado mais cinco ou mesmo cinquenta, se não tivesse sido afastada de mim, como sabia que seria.

Um homem foi movido para o caminho dela, para distraí-la, enganá-la e, finalmente, afastá-la de minha vida. E não sei exatamente qual será seu destino, embora possa assumir o mais óbvio desde já, isto é, que irá falhar novamente e pelo resto de sua vida.

Também sabia que o nosso fim deveria acontecer.

Estava destinado a mudá-la, ajudá-la, torná-la mais rica e, em seguida, perdê-la. E ela não mais deveria me encontrar depois disso.

Talvez as coisas pudessem ter sido diferentes, mas com cada encontro, cada palavra trocada e cada experiência, construímos nosso futuro.

Ódio, diferenças e necessidades, são apenas ferramentas do engano, que a alma encontra quando o amor não pode ser assimilado.

E embora possamos dizer que todos podem amar à sua maneira, com suas próprias predisposições, não podemos dizer que a natureza do amor se diferencia de pessoa para pessoa.

Porque, aquela que encontra barreiras na cor da minha pele ou fraquezas do meu caráter, é cega. E para os cegos, o amor permanece invisível, como um fantasma que te toca, te abraça em necessidade, mas nunca pode ser visto ou reconhecido, não mais que uma brisa suave e breve.

Dito isto, sei agora, como antes, que estava me preparando de muitas maneiras para encontrar Gloria.

Não acreditaria nisso, se tanto não tivesse acontecido comigo mostrando exatamente esta verdade.

Sei que nem tudo é sobre nós, mas há muito mais em nós do que havia em minha vida. E por mais inacreditável que pareça.

Apaixonar-me por Gloria não era tanto uma disposição do meu coração, ou uma combinação de meus desejos, como era o reconhecimento do que deveria ver quando chegasse a hora.

Quando cheguei na Lituânia e fui numa reunião para encontrar meus amigos, vi dezenas de pessoas juntas, e me senti confuso, pois meus olhos me mostraram muitas almas, mas minha intuição só me mostrou Gloria.

Meus sentimentos estavam dispersos, mas minha consciência estava me dizendo que seria minha futura esposa, embora minha mente estivesse argumentando que isso não estava fazendo nenhum sentido.

Mal falamos e propositadamente menti para ela sobre meu país de origem, dizendo que era espanhol.

No entanto, quando me disse, na nossa primeira conversa, que amava Portugal, era como se estivesse a gritar: sou quem procuras.

DESTINO: QUANDO ENCONTRAMOS A ALMA GÊMEA

Também não sei o que estava acontecendo dentro dela, porque parecia que minha atitude natural de ser alegre e brincalhão com todo mundo estava criando uma tempestade de pensamentos e emoções dentro da mente e do corpo de Gloria.

A vi perdendo completamente o controle de si mesma e rindo histericamente de cada piada que estava fazendo, como se seu cérebro estivesse fora de controlo.

Num ponto, ela começou a me bater com suas luvas, sarcasticamente dizendo aos outros que sou psicopata. Mas acredito que o que realmente aconteceu é que ela não tinha absolutamente nenhuma ideia de como se controlar, já que estava tomando o controle dela com todas as emoções que minha presença estava causando.

Os sinais estavam atingindo de vários ângulos, as emoções entre nós eram óbvias e nossa conexão também estava sendo construída rapidamente para além de qualquer lógica que alguém pudesse perceber. Mas ainda não me sentia seguro em tal crença.

Ao mesmo tempo, estava realmente com medo de cometer outro erro em minha vida.

Cometi muitos erros nos meses anteriores e não queria repeti-los.

Na segunda noite, tudo ficou claro, pelo menos, claro dum ponto de vista, porque, por outro lado, tudo estava ficando mais confuso em minha mente.

Talvez tivesse me apaixonado antes de saber que já estava apaixonado.

Gloria veio até mim, socando meu estômago com uma risada louca em seu rosto, e se divertindo fazendo isso, basicamente, gritando e me pressionando.

Não houve tempestade de onde ela iria emergir como me disseram antes, porque ela era a tempestade e não parava.

Tentei impedi-la de qualquer maneira que pudesse, mas Gloria estava completamente fora de controle.

Depois, ao perceber que não estava reagindo como queria, mas na verdade confuso com o comportamento dela, Gloria decidiu beijar minha melhor amiga enquanto sorria para mim em desafio e dizia:

— "Você está com ciúmes?", ela perguntou.

Gloria estava claramente me pressionando para beijá-la de qualquer maneira que pudesse.

Ela até segurou minhas mãos e pegou minha bunda. E ao fazê-lo revelou isso bastante obviamente.

Não tinha mais dúvidas. Mas ela era muito mais jovem do que esperava e não havia absolutamente nada em nossas conversas que pudesse me fazer acreditar que tivéssemos algo em comum. Nada fazia qualquer sentido.

Quando notei que se sentia rejeitada, desprezada e pouco apreciada em seus esforços para conseguir que a beijasse, fiz o que parecia razoável em meu coração, que foi abraçá-la e beijar sua testa. Pois estava definitivamente sentindo o mesmo que ela.

Também queria beijá-la, mas naquele momento, um abraço parecia mais razoável para mim.

Ainda assim, a cada abraço, me sentia mais perto de seu coração, enquanto abria o meu.

Também não tinha ideia de que a estava magoando tanto ao rejeitá-la, mas não estava pronto para aceitar o que estava acontecendo entre nós.

Agi pior no dia seguinte ao fazer piadas sobre o sucedido, e dizendo a Gloria que ela é muito jovem para mim, que não quero mais que ela fique louca perto de mim.

Entre uma mistura de verdades com mentiras, também estava subliminarmente dizendo que estava me apaixonando por ela, mas não tinha certeza se ela estava apaixonada também, ou brincando com meu coração, ou tão confusa quanto eu estava.

Não queria que minha atitude em relação a ela fosse unilateral. Não tinha certeza de suas intenções. E não sabia o que fazer com a situação.

Meu próximo passo foi empurrá-la para Arthur e outros caras, porque queria que Gloria cometesse um erro que justificasse não vê-la novamente.

Isso eliminaria todas as dúvidas que tinha. Mas ela não cometeu esse erro.

A vi conversando com outros nas noites seguintes quando nos encontramos com nosso grupo, e a observei de longe, esperando por um erro, um erro que justificaria ignorá-la.

Enquanto esperava, estava também com ciúmes.

Esse ciúme não fazia o menor sentido, porque éramos apenas amigos. Mas não conseguia aceitar vê-la perto de nenhum outro homem ou falando sozinha com qualquer outro homem.

DESTINO: QUANDO ENCONTRAMOS A ALMA GÊMEA

Estava ficando louco. E controlei essa ansiedade tanto quanto pude, dentro da necessidade de vê-la pular nos braços de outra pessoa.

Mas ela não fez isso, o que me deixou ainda mais impaciente.

Portanto, decidi convidá-la para um café, a fim de a conhecer melhor.

Ela recusou, e não mostrou mais interesse em falar comigo.

Sentindo-se rejeitada, naturalmente me ignorou, como se não tivesse valor. E pensei que poderia jogar o mesmo jogo, mas não consegui.

Na noite seguinte, quando saímos com nossos amigos, e a ignorei, senti-me muito deprimido e decidi voltar para casa, porque não consegui suportar a situação.

É por isso que depois, e apesar do fato de que ela continuou me ignorando, me esforcei por fazê-la falar comigo, ou pelo menos manifestar alguma reação.

Às vezes ficava feliz em apenas vê-la com raiva. Preferiria vê-la com raiva do que não tendo reação alguma.

Quando depois dos meus momentos de provocação ela finalmente socou meu braço, sabia que a tinha novamente no meu domínio.

Era só uma questão de tempo para corrigir meus erros do passado e consertar o que havia quebrado.

Se o amor estivesse presente, certamente se manifestaria novamente como uma flor desabrochando à procura de seu sol.

Por razões que me ultrapassam e apesar do fato de que Gloria estava ignorando minhas mensagens, me senti mal por deixá-la passar o Dia dos Namorados sozinha. Mas também me certifiquei de que não estava bancando o bobo, convidando-a para sair.

Perguntei primeiro se ela tinha algum plano para aquela noite, e como me disse que não, convidá-la parecia natural.

De alguma forma, estava me comportando como se fosse minha namorada e sentindo isso também. Mas tudo o que tinha planejado para aquela noite era um jantar amigável e uma rosa como presente.

Afinal, era a primeira vez que estávamos juntos, só nós dois.

Não consegui parar as emoções dentro de mim, e era óbvio que ela estava sentindo o mesmo.

Imaginei que, uma hora depois, Gloria voltaria para casa, mas continuava demorando para pegar o ônibus, hora após hora, como se estivesse disposta a passar a noite comigo.

Ao mesmo tempo, pude ver que gostava de cada momento em que tocava suas mãos.

Muitas vezes, colocava-as na mesa, à espera de mais.

A química entre nós ficou perceptível e resolvemos rapidamente nossas questões passadas, bem como qualquer ressentimento que ainda pudesse estar ligado a nossos mal-entendidos.

Depois de várias horas de conversa, parecia que Gloria estava esperando que algo acontecesse entre nós, pelo que dei o próximo passo, inclinando para lhe dar um beijo.

Ela recusou. Mas podia ver como estava feliz em saber que estava me apaixonando por ela.

Ela então me pediu para levá-la ao ponto de ônibus, e não tinha a certeza se ela estava flutuando ou pulando no caminho, mas certamente não estava andando.

Sua alegria era óbvia demais para ser escondida.

Devido à falta de qualquer sinal apontando noutra direção, e por alguns dias, pensei que tudo estava acabando entre nós.

Desisti. Mas depois, quando encontrei nossos amigos novamente e Gloria estava lá, pude ver como ela estava alegre por me ver de novo. Não como antes, mas como alguém com quem queria continuar brincando.

Gloria me entregou uma mensagem escondida num pedaço de papel, quando ninguém estava olhando, que dizia: "O amor é...".

Era óbvio que estava solicitando mais alguma perseguição da minha parte.

Ela gostava de ser perseguida e desejada.

Não a persegui porque não tinha mais certeza do que fazer.

Também não tenho paciência para estes jogos. Mas quando pediu para me encontrar na manhã do dia seguinte, antes de seu vôo para a Dinamarca, sabia que estava gostando da minha companhia.

A acompanhei até o aeroporto para ver mais deste filme dela, enquanto reparava, no caminho até lá, sua curiosidade em saber onde eu iria residir, onde alugaria meu próximo apartamento, e muito mais.

É como se estivesse se introduzindo em minha vida, mesmo que tenha anteriormente negado fazer parte dela.

DESTINO: QUANDO ENCONTRAMOS A ALMA GÊMEA

Gloria parecia com medo de estar num relacionamento sério, mas a primeira coisa que fez na chegada e quando encontrou com sua família, foi me enviar mensagens, não uma vez, mas várias vezes.

Acredito que estava tentando manter minha atenção nela, certificando-se de que não a esqueceria. E é porque pude ver esta alegria nela que persisti e a convidei de novo quando retornou.

Estávamos de mãos dadas com frequência, passávamos muitas horas juntos e, quando a levava até casa, sentia-me enlouquecendo com a necessidade dela em evitar se tornar séria sobre nosso relacionamento, só para me forçar a continuar jogando este jogo.

Ela estava apenas interessada em sexo ou em continuar o romance?

Terminei com as dúvidas beijando-a quando não podia recusar o beijo.

Dias depois, e para minha surpresa, Gloria convidou-se a dormir na minha casa.

Desde então, permaneceu em minha vida.

Capítulo 3

Treze dias após nosso primeiro encontro, tivemos nosso primeiro desacordo.

Estava esperando que fosse a primeira e última vez que tal sucedesse, mas estava errado. Era um sinal do que estava para acontecer e repetidamente.

Não consegui entender por que Gloria chegou do trabalho com tanta raiva e amargura.

Perguntei se era minha culpa e respondeu que não, e até se desculpou várias vezes. No entanto, não conseguia parar de reclamar sobre todo o tipo de coisas o tempo todo. Sobre minha necessidade de economizar dinheiro, minha maneira de vestir e assim por diante, como se estivesse determinada a me afastar.

E bem, perdi a paciência em um momento, e quando começou a reclamar disso também, foi a última gota.

Foi aí que senti que talvez não estivesse pronta para um relacionamento sério, talvez não fosse madura como mulher para estar comigo e ainda tenha o cérebro duma criança.

Adão: — "Não tenho muitos mais anos para continuar cometendo erros.

Estou procurando algo sério e de longo prazo, e não estive com você por causa da atração ou sexo. Eu realmente gosto de você.

A questão é: de quem realmente gosto? Se a Gloria que vejo ou a que você vê.

Porque, se quando você se olha no espelho, vê uma pessoa ressentida e irritada, uma cobra que precisa morder e envenenar, então não está vendo a pessoa que vejo, que é uma alegre, dedicada, carinhosa, e doce mulher, inteligente e com senso de humor.

Me apaixonei pela segunda imagem, e não pela primeira, e não vejo como testar minha fidelidade, sendo insultante, faria algum bem.

Você não prova nada com esse comportamento, mas simplesmente me afasta.

Você ainda é jovem. Tem muitos anos para aprender e cometer erros e encontrar alguém que a queira."

Gloria: — "É por isso que disse que não gosto quando alguém se apaixona por mim".

Adão: — "Eu te amo, e não penso que realmente importe quem se apaixona por quem."

Gloria: — "Você não merece estar com uma pessoa como eu."

Adão: — "Não se trata de merecer. Não posso parar o que sinto por você desde o começo.

Hoje você me empurrou. Mas amo sua personalidade e qualidades.

Gosto de passar o tempo com você.

Se quiser passar a noite de hoje comigo, pode.

Nunca disse que não podia. Mas precisa entender que pode me magoar.

Querer estar com você era um risco que estava disposto a aceitar.

Mas como disse antes, e muitas vezes, tem livre arbítrio, incluindo o livre arbítrio para me afastar."

Gloria: — "Eu sei. Eu não maltrato meus amigos. Nunca! Maltrato as pessoas que se apaixonam por mim."

Adão: — "Não precisa fazer isso."

Gloria: — "Eu não sei me controlar."

Adão: — "Talvez você possa me deixar ajudar a fazer isso, se realmente quer estar comigo.

Você quer estar comigo esta noite?"

Gloria: — "Sim, quero."

Ainda não sei se a razão para seus comportamentos surgiu do estresse do seu trabalho, mas seja qual for a causa, se continuasse testando e resistindo à energia que nos uniu, acabaria cortando o elo que nos conectava.

Penso que nossa primeira briga foi o primeiro teste dela, e não meu, para fazê-la perceber que nos amamos. Porque, enquanto em sua mente a pergunta era: "Este amor é real?", o destino a fez questionar outra coisa: Até onde estaria disposta a ir para mantê-lo ou perdê-lo?

DESTINO: QUANDO ENCONTRAMOS A ALMA GÊMEA

O destino só faz sentido quando as pessoas o aceitam. E isso consiste em assumir em nossas mãos a responsabilidade de fazê-lo acontecer de acordo com nossos desejos, de apreciar o caminho e não apenas fluir com ele.

Relacionamentos exigem trabalho duro e não se baseiam apenas na sorte. Mas parece que Gloria não tem autocontrole.

No dia seguinte voltou ao comportamento anterior, desta vez importunando com outras questões, como minha tendência a esquecer, a maneira como organizo a casa e assim por diante.

Ainda não sei porque ela continua fazendo essas coisas, mas não posso fazer esforços sozinho para manter o relacionamento.

Gloria me contou que quando era mais nova sonhava em se casar aos 23 anos. Mas quer ser uma esposa que reclama todos os dias com seu marido, fuma maconha e fica bêbada com seus amigos?

Não vejo de que maneira isso faz sentido. Não tem nada a ver consigo como pessoa.

Tais ações correspondem apenas a uma auto-imagem que ela construiu.

De fato, se acha que não merece ser feliz, se casar e ter sua própria família, então está fazendo um excelente trabalho para perder essa chance de mim. Porque estava pronto para entrar nesse barco com ela.

Respeitar-me seria um bom ponto de partida, pois não posso compartilhar minha vida com alguém que me desrespeita.

Este mundo é uma grande bolha de grandes erros, mas a história é sempre a mesma. Pois a maioria das pessoas tem baixa autoestima, insegurança e depois pensam que podem destruir alguém para testar seu amor, como se me insultando o dia todo, me fizesse sentir como um super-homem.

Claro que os relacionamentos não funcionam desse modo.

Aprendi que o segredo para um bom relacionamento está no coração, na aceitação das diferenças, e não no cérebro, não na tentativa de consertar o que não funciona, pois isso significa entrar numa competição cerebral.

Se não houver respeito mútuo e admiração mútua, o amor é fraco e fadado ao desvanecimento.

Quero me casar, já que estou farto de ser solteiro e namorar mulheres como se estivesse dentro de um concurso o tempo todo. E realmente gosto da Gloria, mas ela é jovem demais para mostrar tantos problemas mentais.

A chave para fazer o relacionamento funcionar está no coração, em quanto ela pode me amar, porque é aqui que as coisas seguem ou se separam.

Temos que nos arriscar na vida. Só vivemos uma vez.

É melhor arriscar do que nunca voar para qualquer lugar.

Talvez hoje em dia a maioria das mulheres seja assim, insegura e insultuosa, pois vejo muito disso de qualquer maneira, mas não é por isso que estou com Gloria.

Quero ser feliz e acredito que ela é uma pessoa que pode me levar até essa felicidade.

Gloria tem boas qualidades, mas fico igualmente feliz em vê-la cozinhando em apenas uma camisa, compartilhando piadas com ela e simplesmente passando tempo juntos.

O problema é que Gloria tem tendência a ser muito egoísta e não vejo como pode imaginar um relacionamento completamente focado em suas necessidades e desejos egoístas.

Realmente acredito em relacionamentos fortes e fiéis, que elevam nosso coração e enriquecem nosso espírito. Mas exigem uma constante superação de problemas que sempre surgirão com muito trabalho de equipe para manter tudo o que nos faz feliz além do relacionamento. Ou seja, seus amigos, meus amigos, suas atividades e minhas atividades, tudo em um equilíbrio perfeito entre diferenças e semelhanças.

Quanto mais alegria compartilhamos, mais rápido irei propor o casamento. Porque, nesse ponto, não consigo me imaginar perdendo-a para outra pessoa, vivendo sem ela ou morando com outra mulher.

Um relacionamento é um grande investimento do coração e quero investir meu coração nela.

Mas esse investimento começa com a aceitação de responsabilidades, que até agora não tenho visto na Glória.

Toda vez que ela me insulta, me pergunto se é a esposa que estou procurando. E toda vez que isso acontece, me pergunto e questiono sobre o valor real dos melhores momentos que passamos juntos.

Por outro lado, aprendi com a experiência que não podemos manter duas opções ao mesmo tempo. Não podemos alimentar a ideia de amar uma pessoa e perdê-la também.

DESTINO: QUANDO ENCONTRAMOS A ALMA GÊMEA

Você não pode alimentar a ideia de terminar um relacionamento e mantê-lo ao mesmo tempo.

As chances de sucesso com absolutamente qualquer coisa na vida tremendamente aumentam quando queimamos os navios que nos levaram a uma nova terra que devemos conquistar.

Cheguei ao coração da Gloria e sair não é uma opção para mim.

Na verdade, não vejo nenhuma outra opção a ser feita aqui, porque assim que decidi que queria estar com ela, a escolha foi feita.

Nunca duvido das minhas decisões, simplesmente porque a certeza aumenta tremendamente o potencial de sucesso.

Quanto mais estou certo disso, mais fácil é encontrar maneiras de amá-la melhor.

Minha capacidade de fazer Gloria feliz de muitas maneiras, com massagens, piadas, sexo e elogios, entre outras coisas, vem exatamente dessa certeza enraizada.

Todas as minhas boas e impressionantes ações são frutos desta árvore chamada, "Fazer Gloria feliz".

Mas ela está interessada em me fazer feliz ou apenas receber felicidade?

Dei a ela a chance de escolher dizendo:

— "Existe um conto nativo americano sobre dois lobos.

Um avô está conversando com seu neto e diz-lhe que existem dois lobos dentro de cada um de nós que estão sempre em guerra um com o outro.

Um deles é um bom lobo, representando coisas como bondade, bravura e amor.

O outro é um lobo mau, representando coisas como ganância, ódio e medo.

Então o neto pára e pensa por um segundo; ele então olha para seu avô e pergunta: — "Vovô, qual deles ganha?"

O avô responde: "Aquele que você alimenta".

Gloria, você pode escolher alimentar o amor que sente por mim ou o medo de ter um relacionamento sério. De qualquer maneira, o que alimenta, ganha."

Capítulo 4

Tenho muitas lembranças que não podem ser apagadas, e o desafio agora consiste em evoluir para além delas. É possível fazer isso.

Tento me concentrar nas maiores surpresas da vida, as possibilidades, emergindo do futuro.

Mas esta manhã, Gloria passou o tempo todo incomodando, como de costume, e então olhou para mim e perguntou:

— "Por que você está tão feliz pela manhã?"

— "Pode escutar os pássaros?", Perguntei em retorno.

Gloria ficou em silêncio, movendo os olhos para o chão como se estivesse envergonhada, e então continuei:

— "Eu não preciso acordar às 6 da manhã como você.

Não preciso sair de casa com você quando vai trabalhar.

Mas quando olho para seus olhos, não vejo realmente nenhum problema em fazer essas coisas.

Pelo contrário, é um prazer, um prazer acrescentado por pequenas coisas que obtenho desde o momento em que abro a porta; como o nascer do sol, o cheiro do ar fresco, o canto dos pássaros e muito mais.

E com certeza, nem sempre fui assim. Mas tudo pode ser aprendido, incluindo a apreciação da própria vida. ”

— "E por que você parou de meditar e fazer suas leituras matinais", ela perguntou.

— "Você quer saber a verdade?

Fiz isso porque não há nada mais impressionante para mim do que acordar com você ao meu lado e massageando sua cabeça.

Adoro sentir seu cabelo dourado ondulando entre meus dedos enquanto passo minhas mãos suavemente por sua cabeça.

Adoro sentir suas costas em minhas mãos, quando nos abraçamos de manhã e à noite antes de dormir.

E adoro me perder, completamente, e desaparecer nas cores de seus olhos, essa bela e mágica mistura de amarelo com verde claro.

Seus olhos são como mandalas. E me sentir hipnotizado pela experiência de olhar para você é tão espiritual para mim quanto fazer meditação.

Amar você não é apenas um sentimento, mas toda uma experiência que eleva minha existência, inclusive, e especialmente, quando sou desafiado por sua amargura e raiva em relação ao mundo.

Só quero te amar mais nesses momentos.

Esta também é a razão pela qual esta manhã decidi esconder várias mensagens em seus pertences, dizendo o quanto gosto ter você em minha vida.

Queria lembrá-la, durante todos os momentos do dia, de que você é importante para mim em muitos níveis.

Quando conheci você, sabia que tinha muitas qualidades ocultas; muitos atributos que não estavam se manifestando devido à sua falta de consciência. E desde que vivemos juntos, você nunca parou de me impressionar de muitas maneiras.

Além de ser bonita, você sabe se vestir graciosamente, e pode ser super criativa também dentro do seu próprio estilo de moda alternando constantemente enquanto mantém sempre uma boa aparência.

Mas isso está longe de ser suficiente para descrever tudo. Suas habilidades para cozinhar são impressionantes.

Você cozinha melhor comida vegetariana do que já comi em qualquer restaurante.

E sua atenção aos detalhes e beleza em um prato é admirável. Nunca antes senti vontade de tirar fotos de pratos de comida até ver os seus.

Você está realmente se expressando de várias maneiras."

Gloria ficou sem palavras.

Dizem que nunca sabemos o quanto amamos alguém até que colocamos o amor à prova, e o nosso já foi testado várias vezes.

Pensei que iria perdê-la em cada um desses momentos e, no entanto, algo dentro de mim estava sempre dizendo que deveria continuar.

E esta razão, devo dizer, é a raiz da minha confiança.

DESTINO: QUANDO ENCONTRAMOS A ALMA GÊMEA

É por este motivo que não temia nossos desentendimentos, e também por este motivo que sempre encontrei uma maneira de falar ao coração dela.

Queria que ela soubesse e lhe disse:

— "Falo sempre com você somente com meu coração.

Vejo o que meu coração me mostra que devo lhe dizer. E você tem o livre arbítrio para reagir como quiser, para ouvir ou não minhas palavras.

Mas mesmo que possa me dizer que nunca se comportou com mais ninguém do mesmo modo que se comporta comigo, o que você faz, suas reações, estão alinhadas com o que sei sobre nós.

Resistir ao que sentimos significa quebrar algo já construído.

Não estamos construindo uma história romântica, mas vivendo-a. Já a escrevemos antes de nascermos.

Esta é a razão pela qual contei a lenda dos dois lobos. Queria que soubesse que tem o poder de ser feliz, de escolher a felicidade e manter a felicidade sem medo algum.

Tudo o que ocorreu em seu passado é parte disso. E nunca deve começar frases dizendo, "eu sou", mas antes "eu fui".

Quem você é agora é muito maior do que quem era porque está se misturando com uma emoção que está mudando você de uma maneira muito boa, a emoção do amor.

Você tem o poder de alimentar o lobo do ego, medo e raiva, ou o lobo do amor, da compaixão e da empatia.

Não deve permitir que pequenos mal-entendidos a desviem do objetivo principal.

Quando na sexta-feira passada me recusei a dar as mãos em público e mostrar para os outros que estávamos juntos, porque não estava pronto para as reações e julgamentos deles, isso magoou seus sentimentos, mas não queria perder você por causa disso. E é por isso que pedi desculpas.

Quando você parou para ouvir, não necessariamente a mim, mas meu coração, alimentou o lobo do amor dentro de você.

Depois tivemos um ótimo fim de semana juntos; em vez de perder tempo sentindo ressentimentos um pelo outro.

Nós dois temos muito a aprender, mas isso não tem nada a ver com diferenças culturais, barreiras linguísticas ou mesmo a diferença de idade entre nós.

A experiência de vida e os relacionamentos anteriores mostraram-me que não importa se minha companheira é dez anos mais velha ou dez anos mais nova que eu, ou até mesmo da minha idade.

A maturidade e o comportamento não correspondem à compatibilidade intelectual, compatibilidade cultural ou mesmo um passado e sonhos semelhantes.

A única coisa que torna as pessoas compatíveis, como entendo agora, é o amor."

Gloria ficou impressionada com minhas palavras. Mas provavelmente era mais do que precisava saber.

Ela me interrompeu para me dar um aviso sobre suas necessidades:

— "Você está sempre me repetindo todos os dias que sou bonita, que tenho belos olhos e que ama meu sorriso.

Um dia pode esquecer de dizê-lo, e a interrupção do hábito me deixará ressentida."

— "Isso nunca vai acontecer. E como sei? Porque não estou apenas apreciando você, mas sendo grato quando admiro você.

Não apenas amo você, mas também amo tudo que você representa para mim.

Quando acaricio você, estou praticando um ritual diário.

Quando faço amor com você, pratico a religião do amor.

Quando a amo em seus momentos de amargura, estou praticando a arte do amor.

Quando falo com você, estou verbalizando os melhores livros de minha vida.

Quando damos as mãos enquanto caminhamos, estou praticando gratidão para com o mundo.

Quando sorrimos juntos, estou apreciando a vida por completo.

Sinto o nosso amor em todos os momentos, e também amo isso."

Capítulo 5

Nada do que digo e faço é suficiente para Gloria.

Talvez ela não possa amar. Porque em apenas algumas semanas, parecia ter perdido o interesse em manter o relacionamento. Ou ela me deu como garantido?

Gloria não voltou para casa à noite, depois do trabalho, e liguei para ela para saber porquê:

Adão: — "Onde você está?"

Gloria: — "Em um bar."

Adão: — "Você está planejando voltar para casa?"

Gloria: — "Eu não sei. Eu não disse nada porque você se queixa disso. Você não falou de manhã, apenas me ignorou, mesmo que estivesse acordado. Mas seja o que for, se diz que tenho problemas mentais, mas escolheu estar com este tipo de pessoa, então quem é mais estúpido: eu ou você? Você sabe, nas mídias sociais as pessoas parecem formidáveis, mas na vida real não valem nada."

Adão: — "Gloria, você não pode simplesmente ir a um bar e rir de meu rosto. Se está voltando para casa, tem que dizê-lo, e se vai a um bar depois do trabalho, tem que dizê-lo também."

Gloria: — "Nós não conversamos o dia todo. Por que deveria ser obrigada a dizer o que faço depois do trabalho?"

Adão: — "Porque estamos num relacionamento e moramos juntos, ou não estamos?

São quase dez horas da noite. Você não pode simplesmente dizer nada e depois me dizer: "Eu não sei se estou indo para casa."

O que é isso? Você está vindo aqui ou planejando ficar bêbada a noite toda? Porque tenho uma vida também, você sabe?"

Gloria: — "Acalme-se! Eu não voltarei se você estiver em chamas. É melhor que não volte hoje?"

Sabia que isso era apenas o começo do abuso, portanto não disse nada. E meia hora depois, Gloria respondeu:

— "Ok, entendi."

O que Gloria fez, me ignorando para ir a um bar com amigos e não dormir em casa, não seria esquecido. O desrespeito havia cruzado as fronteiras do que poderia tolerar e lhe disse:

— "Eu reagi ao fato de você estar me ofendendo todos os dias, não falando comigo, e me desrespeitando por me ignorar quando fala com os outros.

Ontem fez o mesmo.

Se não acha que tem que se desculpar pelo fato de que estava esperando por você em casa, então sinto muito que não possa perceber isso, realmente sinto muito, porque vê, amo você, mas você alimentou as emoções erradas.

Fiz o meu melhor para te fazer feliz. Não mereço ficar magoado.

Amo você, mas talvez você simplesmente não saiba o que é isso."

Gloria: — "Eu fiquei entediada com você. Para as coisas que peço, as respostas são sempre as mesmas: "algo simples, tudo bem, depende de você, podemos fazer o que quiser".

Preciso pensar em nós dois. Para mim, não é interessante desse modo.

Me desculpe se ofendi você, mas não queria voltar. Você me ignorou na manhã.

Seja como for, é o que é."

Adão: — "Você passa o dia todo no trabalho e só vejo você antes do trabalho, quando senta no ônibus sem falar comigo, e depois do trabalho, quando é mais importante para mim estar com você do que o que comemos ou fazemos.

Você não precisa pensar em nós, nem pensar em nada. Você nunca fez isso. Porque tenho sido o único a cozinhar para nós dois.

Além disso, é muito difícil sugerir coisas que você continua rejeitando. Como posso tomar uma decisão para ambos, quando as primeiras cinco coisas que saem da minha boca são rejeitadas?

E fico feliz em saber que você não gosta de ser ignorada. Pois é um passo muito bom para entender como magoa os outros ao ignorá-los.

DESTINO: QUANDO ENCONTRAMOS A ALMA GÊMEA

E não, você não pode fazer o que quiser quando quiser, e pisar em mim. O mundo não se move sob suas regras.

Me sinto muito triste por perceber que você me viu de uma maneira tão superficial.

Só vejo você por três horas entre seu trabalho e nosso sono, e se você tem ginásio, uma hora.

Na maioria das vezes, estou ao seu lado, sozinho, enquanto você está jogando com seu celular e mandando mensagens para amigos.

Você é a única com uma vida chata e me ignorando todos os dias. Então, projeta em mim sua raiva e frustrações como se fosse minha culpa.

Você foi a única a destruir o relacionamento, porque não se sente confortável com a felicidade e não me respeita.

Lamento muito que tenha escolhido esse caminho, em vez de falar comigo sobre isso.

Esperava muito mais de você."

Gloria: — "Bem, foi uma má escolha você escolher uma menina com problemas mentais e vida chata."

Adão: — "Gloria, é por isso que estou deixando você ir, já que você claramente não estava feliz comigo.

Cometi um erro ao pensar que você era a pessoa com quem poderia passar o resto da minha vida. Você não é sábia o suficiente para entender o livre arbítrio ou madura o suficiente para compreender o amor.

E cometeu um erro ao pensar que eu poderia fumar maconha com você e ficar bêbado com seus amigos.

Se esse é o tipo de marido que você sonha em ter, então talvez deva procurar nos sites namorar.amantes.de.maconha.com e namorar.alcoolicos.com e ver suas opções por lá."

Gloria: — "Obrigado!"

Adão: — "E desculpe por ofender você, chamando-a de louca, mas seus amigos fazem isso o tempo todo e pensei que você gostava.

"Eu sou uma mulher louca", você diz. Eu simplesmente reconheci isso.

Gloria: — "Louca, estúpida, idiota ou com problemas mentais; cada palavra é diferente e tem sua própria força."

Adão: — "O significado é o mesmo. A diferença é que seus amigos não se preocupam com o que você sente no final do dia. Eles simplesmente compartilham cervejas com você.

Eu não recebi apenas você em minha casa. Eu te dei boas-vindas em minha vida.

Sabia que você era louca desde o começo e insisti em que estivesse com seus amigos, mas não necessariamente sem me deixar saber, como fez ontem de propósito.

Queria você em minha vida por causa das qualidades que seus amigos não podem ver; coisas que ainda está descobrindo em você mesma. Não fiz essa escolha em um dia.

Levei muito tempo para entender o que estava fazendo, e não posso continuar se você não quer estar comigo, se nunca me amou.

Pelo menos aprenda a amar a si mesma. Pois isso foi o que pretendi para você também.

Eu estava e estou apaixonado por você e faz sentido estar com você. Mas não precisa me odiar por a amar. Eu posso fazer isso sem você também.

Não vou parar de amar você, mesmo se estivermos separados. Já estava fazendo isso de qualquer maneira."

Capítulo 6

Gloria sentiu-me partir de sua vida para sempre e decidiu me puxar de volta novamente com o medo de me perder.

Eu permiti, pensando que ela entendia suas lições, mas nossa reconciliação não duraria muito.

Sua amiga Samantha a convidou para ir a uma boate e Gloria não resistiu, mesmo que eu estivesse doente naquele dia.

Outra briga começou quando voltou.

Adão: — "Você me abandonou enquanto estava doente para ir festejar com suas amigas em outra cidade e depois dormir na casa de outro cara.

Isso mostra exatamente o oposto do que fiz para você quando estava doente, e que foi ficar com você o dia todo, cozinhar para você e levá-la a três hospitais diferentes."

Gloria: — "Adão, eu te amo e se estou com você significa que me quero dedicar a você. E se tivesse alguma dúvida diria a você.

Sei que você foi traído antes mas não estou disposta a fazer nada parecido. Eu realmente quero estar com você. Eu quero você na minha vida.

Adão: — "Meus objetivos e valores são diferentes dos seus. Nós não estamos no mesmo barco. E não quero discutir mais sobre isto.

Gloria: — "Mas nós estávamos no mesmo barco. Nós tínhamos o mesmo objetivo."

Adão: — "Nós nunca estivemos no mesmo barco. É por isso que discutimos tanto.

Você quer um relacionamento, mas não com alguém como eu. E o mesmo se aplica a mim.

Acho que você me viu como uma oportunidade para viajar e desistir do seu trabalho, mas realmente não quer estar sob minhas asas, apenas receber os benefícios disso."

Gloria: — "Se pensa assim, que eu só quero me beneficiar, isso é uma ofensa para mim."

Adão: — "Desde o início do relacionamento, pediu anéis, carros, uma casa e até um celular, mas nunca se comprometeu com nada.

Você só olhou para mim como um caixa eletrônico ambulante.

Você diz que é lenta em se apaixonar, mas amou outros homens muito mais rápido do que me amou a mim.

Você também diz que me evitou porque não sabia como falar comigo, mas gostou da companhia de outros homens do nosso grupo.

Você tem vergonha de me trazer para encontrar com seus amigos e colegas de trabalho. E quando se depara com uma decisão, você me separa, e vai sem mim.

É muito claro para mim que você não me ama e nunca me amou.

Não quero perpetuar esse drama por mais tempo.

Você fica ofendida com a verdade, mas é uma egoísta e uma oportunista. Você nunca me amou. Você me usou."

Gloria: — "Desculpas por isso!"

Adão: — "Por que se desculpa por coisas que faz de propósito?

Você é feliz sendo como é e está feliz com sua vida. O único problema sou eu.

Você não sabe o que é amar verdadeiramente alguém. Talvez um dia você saiba, e então saberá como me magoou.

Você me faz arrepender de falar com você desde que a conheço, porque você é egoísta e malvada.

Você gosta de ferir as pessoas que gostam de você.

Pensei que por estar em um relacionamento você mudaria, mas só piorou.

Amo você, mas não gosto de nada em seu comportamento, e tenho certeza que precisa de um psicólogo se quiser ter um relacionamento normal comigo.

Você não me encontrou para ter outra noite aleatória de sexo com um estranho. Mas não pode estar entre um estado ou outro.

Todas as brigas vêm do fato de que você não quer tomar decisões e quer me pressionar. Mas sei como isto acaba.

DESTINO: QUANDO ENCONTRAMOS A ALMA GÊMEA

Você me subestima muito, você realmente não respeita a pessoa que sou.

Mas com cada decisão, o futuro é criado. E sabe que mais Gloria? Não gosto mais de ser insultado com sua ignorância.

Se você é estúpida, tudo bem, mas não ria do que digo porque não entende.

Não me diga mais que não precisa ver um psicólogo. Se está feliz com a pessoa que é, então o que você sente por mim não significa nada para você.

Você me insultou muito e continua fazendo isso. Mas se tornou vulgar e vazia assim, e estou pronto para seguir em frente sem você."

Gloria: — "Eu quero estar com você."

Adão: — "Minha vida, meus objetivos e meus valores e regras não são negociáveis.

Quanto ao seu passado e as coisas que você fez, fizeram de você quem é agora.

Cabe a você, quanto orgulho tem nisso, e o quanto quer que a odeie rindo do meu rosto.

Não sou um alvo para o ódio que você tem dentro de você.

Gloria: — "Te machuquei. Você me machucou."

Adão: — "Não! Você me insultou de maneiras muito más e eu reagi. É assim há muito tempo.

Gloria: — "Nós dois nos insultamos e maltratamos um ao outro. Talvez tenha sido uma consequência das minhas próprias ações, mas você me fez sentir medo. Comecei a ter medo de você, o que não é normal."

Adão: — "Sim, posso ver quanto medo você tem por seus gritos na casa. O dia em que um homem bater em você é quando saberá como o medo sente."

Gloria: — "Eu te amo, mas talvez não do jeito que você quer, ou talvez simplesmente não saiba como amar você."

Adão: — Realmente? Você sabe o que é o amor? Você não disse que só respeita seus amigos? Então você os ama, não a mim.

Gloria: — "Não quero acabar em brigas. Você é o melhor que já conheci apesar da negatividade que tivemos."

Adão: — "A negatividade foi trazida por você, mesmo antes de começarmos a namorar.

Você tem me insultado desde que nos conhecemos."

Gloria: — "Eu preciso da sua ajuda."

Adão: — "Eu ajudei o suficiente. Você me insultou com o que aprendeu de mim.

Então, por que deveria lhe dar informações? Para que possa ter mais ferramentas para me insultar?

Você precisa de terapia, não de conhecimento. Melhor uma psicopata ignorante do que uma esperta.

Gloria: — "Eu realmente sinto muito se te desapontei mais do que você merece, mais do que esperava. Quero tudo de melhor para você.

Adão: — "Se você quisesse o melhor para mim, não flertaria com outros homens em clubes ou me insultaria dizendo: 'Eu faço o que quiser.'

Deixe de ser criança!"

Gloria: — "Sinto muito por não ter sido o que você sempre quis em sua vida. Eu fiz você acreditar nisso.

Você acreditou em mim, você acreditou em mim mais do que eu acredito em mim mesma, você vê valores em mim que nunca vi em mim, você encontrou minhas qualidades que não pude encontrar..."

Adão: — "Você nunca gostou de mim. Este bate-papo é apenas mais besteira para se vitoriar.

Você não disse: "Você é muito velho" e "Eu não amo você"?

Você não conversou com ex-namorados depois de estar comigo e mandou uma mensagem para outros caras da minha própria cama?

Então, quem você acha que vai acreditar em você agora?

Gloria: — "Eu não me sinto satisfeita com relacionamentos depois de irmos em direções opostas.

Após meu último relacionamento, prometi a mim mesma encontrar melhor e não fazer tais coisas. Prometi a mim mesma manter um relacionamento porque separar é difícil e dói de todas as formas possíveis.

Mas depois digo a mim mesma, se superei uma vez, posso fazer isso de novo.

Quebra meu coração quando você está na mesma casa, mas não comigo, sem olhar para meus olhos, sem falar comigo, sem me ver. Dormindo na mesma cama, mas sem abraçar.

Dói quando você nem acredita no que digo.

Você aprova a resposta que deseja ouvir e ignora o resto. Isso me deixa louca.

Então, como posso dizer a verdade quando você a ignora?

Claro, depois disso você me chama de mentirosa crônica.

DESTINO: QUANDO ENCONTRAMOS A ALMA GÊMEA

Um casamento feliz é sobre três coisas: memórias da união, perdão por erros no passado e a promessa de nunca desistir um do outro."

Adão: — "Não há nada em mim para perdoar, mas há muitas coisas sobre você que não podem ser perdoadas.

Você é muito esperta quando responde ao que escrevo ou digo, mas posso ver claramente de quais tópicos você mais foge.

Você usa o que aprende de mim, mas mantém a vantagem sobre sua manipulação.

Não assuma que sou tão estúpido para não ver isso. Não há memória de união entre nós. Não tenho boas lembranças com você.

Por que deveria prometer não desistir de alguém que nunca se comprometeu comigo?

Não tenho ideia porque você insiste em perseguir minha vida.

Você é infantil, imatura e com traumas mentais graves. Mas veja, não sou seu psiquiatra ou psicólogo. Não é da minha conta explicar todas as doenças mentais que você tem.

O Adão que você acha que quer, vive apenas na sua cabeça. O verdadeiro Adão não gosta mais de você e não quer estar com você. Eu não quero mais esse drama.

E coloque isto na sua cabeça: Nós não temos brigas de relacionamento ou diferenças culturais.

Temos um homem adulto suportando uma mulher imatura que é insultante, vingativa, imatura, promíscua, narcisista, mentirosa, manipuladora, egoísta, e irresponsável. E todas essas coisas por um ano inteiro.

Nós não temos um casamento porque nunca tivemos um relacionamento. Você não sabe o que é isso e não sabe quem sou.

Você nunca me amou ou me respeitou e nem sabe o que são as duas coisas.

Eu não sei porque você é tão obcecada por mim, mas claramente nunca gostou de mim.

Você tem um fraco senso de identidade e isso a torna muito vulnerável a pessoas que realmente não querem seu melhor.

Você não pode correlacionar sua baixa auto-estima com as escolhas que faz.

Suas palavras e acusações estão se tornando muito amargas.

Você só parece entrar em pânico quando é tarde demais e estou desistindo.

Mas esse jogo de puxar e empurrar me deixa exausto.

Não é do meu interesse estar com alguém que mostra tanto ódio, que vê coisas em mim que não são nem mesmo parte da minha personalidade, que sorri de alegria quando estou irritado, e até diz que é engraçado me ver com raiva, que está deliberadamente destruindo o relacionamento enquanto me faz perguntas para justificar me culpar por isso.

E não posso estar fazendo esforços sozinho o tempo todo.

Gosto muito de você, mas você não é inteligente, nem para si mesma. E não vejo como pode chamar de amigos a pessoas que acreditam que você é burra. Parece que não tem senso de certo e errado, e precisa se machucar para entender tal diferença.

Estou percebendo agora que se tornou surda às minhas palavras. Tudo o que digo não importa mais para você.

Isso me faz perder a confiança em você. E amor sem confiança significa pouco.

Mas todo mundo possui seu próprio livre arbítrio.

Lhe disse desde o começo: podemos ficar juntos pelo tempo que você quiser, nós não nos encontramos para um relacionamento de curto prazo, mas você tem o livre arbítrio para destruí-lo se decidir.

Fui extremamente cuidadoso com você desde o começo, mas não tinha ideia de que deliberadamente destruiria algo que você, ao mesmo tempo, queria.

Houve um período em que você disse: "Sinto muito", mas agora, você ri disso e chora quando termino com a relação.

Houve um período em que não tive que dizer nada e você seria cuidadosa o suficiente para não prejudicar o relacionamento, mas agora, você me pergunta o que quero e depois faz o oposto.

Você está claramente esperando que termine as coisas.

Gloria, você precisa ser descartada várias vezes até perceber o que é o amor, mas nesse momento, porém, você estará tão machucada que não encontrará ninguém que a ame mais. Você é jovem demais para manifestar dissonância cognitiva no nível que apresenta. E me preocupo com você porque amo você. Mas não sei mais como te alcançar. Parece que já te perdi.

Você decidiu se autodestruir.

No início, nosso relacionamento fazia sentido, porque existem coisas sobre nós que os outros não podem ver e muitas coisas sobre você que ninguém conhece.

Duvido que algum de seus amigos realmente te conheça. Mas talvez esteja apenas sendo otimista demais.

Agora você está se certificando de que as diferenças vão além de sua personalidade, apenas para ver se pode destruir o relacionamento de propósito.

No entanto, chora toda vez que termino com você e me culpa por fazer isso, depois de causar cada uma das nossas separações, e de propósito, apenas para testar meus limites.

Você não sabe o que está fazendo, seus amigos não ajudam, e estou sendo tão paciente quanto humanamente possível. Estou exausto também.

Cometi o erro de assumir que você estaria fazendo esforços para manter o relacionamento, mas agora parece que estou lidando com uma criança no corpo duma mulher.

Você sabe Gloria, sempre me deixa com raiva, me dizendo que o que é caro tem mais qualidade. Bem, adivinhe o que isso significa! Você é muito mais cara do que seu valor verdadeiro.

O custo de estar com você é muito alto para a porcaria que tenho obtido.

Você deve ser a única a fazer esforços para estar comigo. Não o contrário!

Você não tem nada para me oferecer. Você é tóxica e malvada.

Em essência, você está apenas esperando por um cara melhor, e é por isso que se comporta como uma criança de cinco anos. É por isso que os caras transam com você e logo abandonam.

Você não tem valor para ninguém, exceto como objeto sexual. Eu sou o estúpido por querer mais.

Você não é esse tipo de mulher. Você não tem qualidades de esposa ou namorada. Você só serve como prostituta.

Se você se comporta como uma, isso é o que você realmente é.

Você também se contradiz o tempo todo. No mesmo dia em que disse que não me amava, me convidou para visitar sua cidade natal e conhecer seus pais, reservar férias com você por até cinco meses; e até começou a chorar quando disse que não queria estar com você.

Agora você chora o tempo todo quando estou terminando. Mas está piorando.

Você está louca?

Pelo menos minhas namoradas anteriores brigaram por causa de bebês e casamentos. Mas você briga porque eu não fico bêbado e não vou acampar com você, e porque não sente borboletas em seu estômago.

A sério? Vá pegar as borboletas e as coma para ver se as consegue sentir.

Talvez você esteja realmente comigo apenas por causa do sexo, como você disse uma vez.

Ou talvez você simplesmente precise de um namorado para se validar, já que outros caras só querem sexo com você.

Não é de admirar, pois você não tem valor como mulher. Você é uma bebê no corpo de mulher.

E, no entanto, não posso dizer se você é mais infantil ou mais anormal.

Que tipo de aberração compartilha sua cama com um homem gay que dorme nu toda noite? Isso não é normal.

Ainda não consigo acreditar que esta é a vida que você tinha antes de te conhecer.

Essa foi a primeira vez que percebi que você tem sérios problemas mentais.

Só mudei de idéia sobre não deixar você naquele momento porque rapidamente se mudou para minha casa.

Você deve ter percebido que eu ia desistir de você depois de perceber esse circo.

Casar-me com você passou pela minha cabeça muitas vezes, até que decidiu que tem o direito de dormir onde quiser e quando quiser.

Você não é qualificada para se casar com ninguém. Você está qualificada para viver apenas como uma vadia.

Sua própria mãe espera que sua filha de vinte e três anos seja solteira durante toda sua vida.

Isso é muito para uma jovem mulher. Mas acredito que sua mãe deve realmente conhecê-la super bem.

Só agora estou começando a concordar com ela.

Posso te dar outra chance, mas não sei quanto tempo vai durar antes de começar outra briga."

Capítulo 7

Um dos amigos sexuais da Gloria voltou da Rússia para vê-la. E ela achou que seria normal encontrar com nossos amigos no mesmo bar onde ele estava esperando.

Em vez de evitá-lo, Gloria permitiu que colocasse as mãos sobre ela e não fez nada para detê-lo.

Mais uma vez, ela me desafiou e me desrespeitou na frente de muitas pessoas. Provavelmente tentando criar uma briga.

Lhe perguntei:

— "Por que você fala com seu ex-namorado e por que permite que toque em você?"

Gloria: — "Eu faço o que quiser. Você não pode me impedir de falar com outras pessoas.

Se você não consegue lidar com isso, é problema seu.

Adão: — "Nesse caso, pode sair do apartamento, porque nunca quis viver com uma mulher tão safada.

Disse que você é livre para fazer o que quiser com sua vida, disse que um relacionamento requer esforços constantes e disse que você não se comporta como a maioria das mulheres em relacionamentos. Portanto, não posso confiar em você para ficar sozinha, ou bêbada e sozinha.

Você é incapaz de empurrar um cara para longe quando põe as mãos em você, você é incapaz de priorizar seu relacionamento e gosta de liberdade para sair sozinha à noite, o que, lamento dizer, não é normal.

O que vi me deixou doente.

Se você pensa que tenho que ser o único a mudar para você continuar fazendo essas coisas, está totalmente errada. Não vou tolerar isso.

Você não vai em festas sozinha ou dormir em outro lugar sem mim. E não quero nem ver você perto de caras com quem teve relações sexuais ou recebendo suas mensagens.

Se isso for demais para você, pode me deixar.

Eu disse que quero um relacionamento sério com alguém. Não posso ser o único sempre consertando seus erros.

Você quer uma nova vida ou a anterior. Não sou aquele que tem que se adaptar a você.

Já fiz muito e até encontrei um apartamento como queria.

Gloria: — "Você sempre diz que está farto de mim e está sempre me ofendendo, me chamando de idiota, e continua repetindo que cometeu um erro.

Por que você quer viver com um erro?

Não vejo nada de mal com o que fiz. Eu não falei com aquele cara.

Só porque eu não o empurrei do jeito que você queria, o drama começou.

E você não pode me dizer que eu não vou mais festejar sozinha com minhas amigas.

Depois você pergunta que tipo de preocupações tenho. É óbvio.

Trouxe minhas coisas e não sei se fico ou levo tudo e vou embora.

Neste caso, você não está sendo consistente."

Adão: — "Você quer estar num relacionamento onde você pode fazer o que quiser, dormir onde quiser, festejar sozinha e conversar com diferentes caras tentando transar com você depois de algumas cervejas, sem se importar com os sentimentos de outra pessoa, certo?

Então acho que escolheu o homem errado para jogar este jogo.

Estamos sempre brigando sobre a mesma coisa: seu egoísmo.

Se você não gosta de homens que reclamam, então deve gostar de homens que te usam e te abandonam. Porque todos vêem o mesmo."

Gloria: — "Você está apenas assumindo.

Sim, claro, só quero sexo com qualquer cara.

Estou batendo palmas para você por essas palavras.

Continue pensando assim e depois é mais fácil explodir quando alguém falar comigo.

Adão: — "Eu disse que existem regras em um relacionamento comigo. Elas se aplicam a qualquer mulher.

DESTINO: QUANDO ENCONTRAMOS A ALMA GÊMEA

A maioria das mulheres já as conhece sem ser informada.

Disse no começo que poderia ajudá-la a entender um relacionamento.

Disse que podemos ser muito felizes juntos.

Mas também disse que você tem o poder de destruir tudo.

Se você não pode aceitar essas regras, então não pode me aceitar. Porque talvez o seu tipo seja realmente alguém que faz a você as mesmas coisas que você faz com os outros.

Se você quer estar comigo, me respeita. Se quer ser egoísta, então é melhor continuar vivendo sua vida como uma adolescente.

Acho que foi um erro estar em um relacionamento com você."

Gloria: — "Oh, então se você cometeu um erro, você pode facilmente desistir."

Adão: — "Tudo bem então; Eu desisto!"

Gloria: — "Muito bem!"

Gloria começou a chorar ...

Gloria: — Por favor Adão, não termine comigo. Eu farei qualquer coisa que você pedir.

Prometo que vou mudar meu comportamento e mostrar mais respeito por você."

Suavizei com as súplicas de Gloria. Mas dias depois outra discussão começou, desta vez porque queria se encontrar com uma amiga que eu nem conhecia.

Perguntei:

— "Posso ir encontrá-la com você?

Gloria: — "Não! Ela é minha amiga, não sua. Nós vamos falar sobre assuntos de mulheres.

Adão: — "Onde você vai encontrar com ela?"

Gloria: — "Não tenho que te dizer isso."

Adão: — Então se você for se encontrar com sua amiga, o relacionamento acabou. Porque se você sempre se comportou como uma vadia e ainda fala e age como uma vadia, tenho que me comportar como se estivesse lidando com uma vadia. Em resumo, sem qualquer confiança em você.

Lhe ofereci um anel de noivado no seu aniversário, que foi muito caro para mim, porque você me pediu. Mas tudo vem com um preço. Se quer um casamento, você deve merecer.

Gloria: — "O que diabos você está falando?

Ela quer falar comigo, porque não nos encontramos no meu aniversário e hoje há um show onde haverá uma apresentação do meu cantor lituano favorito.

E Camilla se juntará a nós.

Mas estou proibida de encontrar com minhas amigas.

Ok, então me tranque na caixa."

Adão: — "Primeiro, você mentiu quando disse que era apenas uma bebida num bar e não um show.

Depois, você mentiu novamente, ao dizer que era só você e ela e não mencionando Camilla.

Em seguida mentiu mais uma vez, quando disse que não sabia onde era, apesar de que sabe, se é um concerto.

Você se recusou a me deixar ir, mas não confio em você e não tenho motivos para confiar em você. E quanto mais você provoca e mente, menos confio em você.

Você tem caras atravessando o planeta só para transar com você, continua se comunicando com ex-namorados e outros caras. Mas minha vida não é uma piada e te disse exatamente isso na última vez que tivemos uma briga.

Também disse que você não deveria morar comigo se não aguenta a pressão.

Se for isso que pretende, pode voltar para sua vida anterior antes de me conhecer.

Você não confia em mim, mas é a única que não é confiável e não está colocando absolutamente nenhum esforço para ser confiável.

Você não acabou de morar comigo. Eu não sou seu colega de quarto e não me importo com o que seus amigos idiotas pensam de mim ou dizem.

Você é o tipo de mulher que permite que homens ponham as mãos em você sem reclamar. O tipo de mulher que dorme com estranhos como se fosse apenas mais uma cerveja durante a noite.

Eu não confio em você e não tenho que confiar. Não vou tolerar que encontre pessoas sozinhas e nas minhas costas.

Acho que seu corpo mudou para esta nova casa mas seu cérebro permaneceu no quarto onde você morava antes.

Você ainda não entende, não é?

Gloria: — "Não, não entendo. Devo dizer-lhe cada palavra do que falo com minhas amigas?

DESTINO: QUANDO ENCONTRAMOS A ALMA GÊMEA

Camilla acabou de me escrever onde está o show e quer ir, pelo que convidei minha amiga para se juntar a ela.

Não preciso atualizar você imediatamente sobre isso.

Todo mundo teve sexo por uma noite apenas com estranhos e você está me culpando por isso, mesmo que também tenha tido.

Ter sexo com qualquer cara aleatório todos os dias é vender seu corpo e alma. Mas ter uma noite de sexo quando você é solteira, não vejo uma tragédia aqui.

Lamento falar-lhe sobre o meu passado ou tudo mais, porque você pisa em mim.

Você me trata como uma prostituta.

Você é o idiota que espera que uma prostituta mude.

Eu não queria que você se juntasse a nós, porque só vamos com mulheres.

Ela não está convidando o namorado também.

Adão: — "Não preciso prever o futuro de alguém que diz o que você acabou de fazer.

Você vê, eu não terminei este relacionamento mais de cinco vezes antes. Pelo contrário, dei-lhe mais de cinco oportunidades para mudar.

E da última vez que conversámos, prometeu que o faria.

O que diz agora prova que era mentira.

Gloria: — "Uau, um herói! Não terminou o relacionamento mais de cinco vezes e me deu oportunidades.

Sim, você pode dizer assim, que quer terminar o relacionamento o tempo todo, e assim o número vai aumentar.

Toda vez que algo acontece, quer se separar.

Se está chateado só porque não limpei a cozinha, imediatamente quer se separar.

Adão: — "Seu sarcasmo me diz que não deveria ter escutado você naquele dia, quando disse que não queria terminar o relacionamento e faria esforços para mudar.

Está realmente dizendo que seus ex-namorados fizeram bem ao abandoná-la sem lhe dar uma segunda chance.

Então, por que você mora comigo?

Precisa dum melhor companheiro de quarto?

Também me diz que é uma pessoa egoísta e imatura, e que não está interessada em um relacionamento.

A cozinha realmente parece um nojo hoje e não disse nada. Pelo que isso é chamado de paranoia. E não, não termino toda vez que você me irrita, porque as discussões não acontecem sem motivo. Você sempre as cria.

Quanto mais fala assim, pior faz você mesma parecer e mais me prova certo.

É por isso que tenho que colocar regras em você.

Se não gosta delas, está livre para voltar para a vida que você tinha.

Você está errada se acha que vou me adaptar ao seu comportamento.

Minhas regras são claras: se conhecer pessoas pelas minhas costas, acabou.

Não tenho motivos para confiar em você e nenhuma intenção de me machucar novamente em minha vida.

Sabe por que todos os seus amigos dizem que não parecemos um casal? Porque sou muito honesto e sério, e você é o oposto. Você não tem respeito próprio, e se faz parecer pior quando se orgulha de seu comportamento.

A razão pela qual a maioria de seus amigos gosta de você, é porque faz com que eles se sintam bem quando te ridicularizam.

Não gosto de andar por aí sabendo que dezenas de caras na cidade dormiam com a mulher ao meu lado mas foram mais espertos que eu em não entrar em um relacionamento com ela.

Você deve estar louca se pensa que isso é normal. E deve estar alucinando se pensa que vai continuar me insultando e não ver este relacionamento terminar mais rápido do que imaginou.

Capítulo 8

Adão: — "Você é muito habilidosa em mudar sua atitude dependendo de com quem está.

É como se tivesse uma enorme coleção de máscaras, uma para cada ocasião.

Estou sempre impressionado com o quão bem você pode se adaptar a cada uma de suas máscaras.

Além disso, não há coerência em você, e nem sabe quem é, como você mesma disse.

Não é de admirar, com todas essas transições em sua personalidade.

Realmente não sei o que faz com a sua vida, com quem você sai e o que você faz com outras pessoas pelas minhas costas.

E levando em consideração seu passado, também não posso confiar em você.

Além disso, vejo você mandando mensagens para outros caras o tempo todo, às vezes perto de mim, e quanto mais a confronto com isso, mais provoca; e quanto mais provoca, mais revela sua verdadeira natureza. Você até disse que mereço ser enganado.

Não conhecia toda a realidade quando te conheci, e prometeu mudar, algo que claramente não pode. E é por isso que comecei a colocar várias regras em você.

No entanto, não entende nada, não consegue distinguir o certo do errado e não gosta de seguir regras.

Você também não se mudou para meu apartamento para mudar de colega de quarto.

Existem implicações, e quanto mais me provocar, pior será para você.

Estas frases não são de alguém que quer estar em um relacionamento:

— "Os caras me seduzem porque você não se comporta como meu namorado";

— "Os caras me tocam, e os deixo porque não quero ser rude";

— "Nunca quis um cara como você; porque não combinamos; você é chato".

Além disso, você quer festejar a noite toda e dormir na casa de outras pessoas.

Mas da última vez que quis ir sozinho em um clube, você disse: "Eu não quero que você vá".

Você também é super paranóica sempre que escrevo no meu celular, mesmo que responda a todos os caras mandando mensagens para você.

Eu não acho que tenha a capacidade de entender o que é um relacionamento. Está apenas jogando um jogo com a minha vida.

Sempre quer uma nova chance, prometendo mudar, mas depois se comporta como sempre.Às vezes eu estou andando com você na rua e você até olha para outros caras e sorri enquanto espera que olhem de volta.

Eles sempre ignoram você, mas como isso me faz sentir, quando olha para um cara com quem transou enquanto segura as mãos como se minha vida fosse um show de marionetes?

É como se quisesse que eles percebam que você tem um namorado, que você não é uma puta qualquer.

Quando pergunto quem são eles, você responde, "ninguém" ou, "um amigo da minha amiga".

Você pode mentir muito sobre o número exato de estranhos com quem transou, mas já está claro que, em apenas um ano, você teve relações sexuais com um chileno, um lituano, um espanhol, um romeno e dois portugueses."

Você mesma disse. E isso é demais! Parece que estou com uma prostituta comum. Você até admitiu que poderíamos ter transado facilmente se eu quisesse, na segunda noite depois que cheguei. Porque era tudo o que você queria de mim.

Mas pior do que isso, é quando admitiu ter relações sexuais sem proteção com estranhos, sem nenhuma consideração por doenças sexualmente transmissíveis.

Você teme que possa voltar para minhas ex-namoradas e enquanto isso você é quem manda mensagens para os seus ex-namorados.

DESTINO: QUANDO ENCONTRAMOS A ALMA GÊMEA

Você me pergunta todos os dias para qual cafeteria estou indo, e quando te perguntei uma vez onde está o bar onde estava tomando cerveja com amigos, você faz uma birra como se eu não tenha o direito de saber.

Você quer passar fins de semana festejando, mas quando digo que posso ficar um mês fora do país, você se assusta e reclama.

Você também cria birras sempre que te paro de passar a noite toda bêbada em algum clube com eu não sei quem. E quando reclamo sobre você dormindo eu não sei onde.

Nem sei porque você quer o relacionamento, pois isso não faz sentido.

Você é uma puta, você se comporta como uma, você age como uma e se queixa como uma.

Enquanto isso, preparo seu dever de casa para as aulas de inglês, cozinho o jantar o tempo todo, te digo para onde estou indo e com quem, peço para você participar ... Eu devo ser o maior otário que você já conheceu.

É por isso que você gosta tanto de mim. É a combinação perfeita — um idiota total com dinheiro suficiente para apoiá-la e pagar suas despesas e vícios, enquanto você gasta seu dinheiro se prostituindo em clubes e se embebedando.

Ontem à noite, até cozinhei jantar para nós dois e para o almoço de hoje, depois preparei o seu dever de casa e até escrevi dois textos para você escolher o que mais gosta, e nem sequer você lavou a louça.

Ao mesmo tempo, cuidei da lavanderia, porque você também é muito preguiçosa para isso.

Sua desculpa para sair de casa e deixar tudo como uma lixeira é sempre: "eu não me sinto com vontade de fazer isso".

Você deitou na cama e brincou com seu celular e esteve mandando mensagens para os amigos enquanto eu fazia todas essas coisas.

Mas pior do que testemunhar isso, é sua completa falta de empatia.

Na manhã do dia 23 de maio de 2017, fui com você para trabalhar numa bicicleta. Você estava atrás de mim, montando a sua. Num momento, ao cruzar a ponte, você começou a gritar e pensei que estava em apuros, olhei para trás para ver o que estava acontecendo, perdi o controle, caí, arranhei minhas mãos e braços e feri meu braço direito, que agora não posso mover corretamente.

Mas como posso explicar para você que você deveria, pelo menos, pedir desculpas?

Apesar do que possa imaginar, pessoas normais não gritam como você, não causam acidentes e, quando o fazem, podem se desculpar.

Você sabe o que poderia ter acontecido por causa do seu comportamento estúpido, Gloria?

Poderia ter caído no lado da estrada e ter minha cabeça esmagada por um carro.

E sabe por que olhei para trás? Porque achei que você estava em perigo quando gritava como uma maníaca.

Devia continuar e deixá-la cair da ponte ou ser atacada por alguém?

E se fosse um acidente de carro na sua direção?

Sua amiga não gritou como você, mesmo se você estivesse gritando porque a encontrou.

Só estava ouvindo sua voz, porque outras pessoas não são como você.

O que você vê como engraçado, não é engraçado, é só você sendo a idiota que você é.

Você é tão irresponsável que faz uma pessoa responsável correr mais riscos do que necessário por causa de você, porque se comporta como uma criança.

Machuquei meu braço, tenho um monte de cicatrizes para não bater com a cabeça no chão e acha que olhei para trás porque sou burro?

Talvez um dia você grite de novo, como uma maníaca, e vou ignorá-la e você simplesmente morrerá.

Sua única preocupação era que eu gritei com você na frente da sua amiga.

Devo ser eu a pedir desculpas a você?

Você até disse que estudar e fazer terapia em si mesma seria um desperdício de dinheiro que poderia usar para cerveja.

Gloria, esta relação tem que acabar. Acredito que é melhor resolver as coisas assim do que ter minha mão voando em direção a seu rosto."

Gloria: — "Você realmente precisa ver um psiquiatra.

Por que reclama de mim para seus amigos?

Por que não diz a eles que você é fisicamente abusivo e ameaça quebrar meu rosto?"

Adão: — "Boa sorte em encontrar um homem que te aceita Gloria! Eu não sou essa pessoa. Minha vida não é sua piada."

Gloria: — "Um hospital psiquiátrico ajudaria.

DESTINO: QUANDO ENCONTRAMOS A ALMA GÊMEA

Você está se colocando numa palhaçada. E agora você até reclama com meus amigos.

Muito bem!"

Adão: — "Eles não são seus amigos. Eles são amigos da máscara que você coloca na frente deles. Eles não sabem quem você é. E não mereço menos respeito que eles.

Prefiro viver sozinho do que com você.

Além disso, tentar me provar que sou insano só faz você parecer pior do que já é.

Você é malvada, egoísta, e mesquinha.

Vi o que você pode fazer. Nada mudou.

Você entrou na minha vida para destruí-la. Nada mais!"

Gloria: — "Como posso pedir desculpas a você, quando imediatamente começou a gritar comigo.

Você tem problemas mentais.

Não vejo resultados de seus esforços."

Adão: — "E nunca vai ver. É por isso que não quero estar com você.

Eu já fiz o que pude amando você. Você está perdida.

Só queria que não destruísse minha vida como fez.

Nós fomos de você dizendo: "Eu sempre me comporto assim em meus relacionamentos"; para depois me dizer: "É tudo culpa sua".

E dizendo: "Eu prometo que vou mudar e sei que tenho um problema para resolver"; para "É culpa sua que o relacionamento não funcione".

A Gloria que você me mostra é a mesma que conheço desde o começo.

Esses jogos mentais de tentar mudar a culpa para mim fazem você parecer patética.

É sua culpa que o relacionamento não funcione, caso contrário não faria tantos esforços para provar que estou errado. "

Gloria: — "Espero não encontrar ninguém que sempre humilhe a namorada."

Adão: — "Quanto mais fala e provoca, mais me prova certo.

Não pode mudar ou prometer mudanças porque está doente.

Você até me diz que meu problema é saber demais."

Gloria: — "Irei amanhã em minha cidade natal, porque minha irmã e o bebê dela voltaram. Quer ir comigo?

Adão: — "Não! Nós terminamos."

Depois disto, Gloria desapareceu para ir num clube com as amigas.

À meia-noite fui dormir e às 3 da manhã ela chegou em casa bêbada fazendo um barulho enorme ao abrir a porta.

Ela foi direto para a cama e me acordou.

Perguntei:

— "Onde você esteve?"

Gloria: — "Não é da sua conta."

Adão: — "Minha casa não é um abrigo para vadias. Você não sai para foder sempre que tem "necessidades sexuais", como disse antes, e chega em casa depois da meia noite sem uma explicação.

Eu não sou seu pai.

Primeiro, você sai daqui, e depois você pode ir para o inferno.

Se o problema é dinheiro, venda o anel de compromisso que te dei em seu aniversário, porque não foi destinado a uma mulher que só pensa em si mesma.

Não vou corrigir a educação que seus pais claramente falharam em dar a você."

Gloria: — "E se disser que quero que você saia de casa?"

Adão: — "Você acha que minha vida é uma piada, e posso simplesmente comprar e cancelar vôos e hotéis sempre que quiser?"

Gloria: — "Eu não me importo.

Você acha que posso arrumar minhas coisas e ir alugar num hotel? Você me humilha muito. E sabe que não tenho como transferir tudo. E sabe que não tenho dinheiro suficiente para essas coisas. E sabe que preciso sair do meu quarto também.

Eu aluguei a outras pessoas por sua causa e agora não tenho mais onde morar."

Adão: — "Vá pedir ao cara com quem você transou para ajudá-la e reclame com ele."

Gloria: — "Idiota!"

Adão: — "E da próxima vez que você responder online aos viajantes que procuram buceta em Vilnius, como Andreas e outros, não se esqueça de incluir seu preço.

DESTINO: QUANDO ENCONTRAMOS A ALMA GÊMEA

Você pode ter duas coisas que quer muito: sexo sem compromisso com estranhos e muito dinheiro para pagar as despesas quando caras legais terminam com você ao perceber que você é apenas uma vadia egoísta e estúpida.

Pode vender o anel que lhe ofereci para ter dinheiro extra ou se prostituir se quiser, em vez de apenas oferecer seu corpo livremente.

O quarto que deveria alugar é em um hospital psiquiátrico."

Gloria: — "Vá se foder!"

Adão: — "Levar você a uma psicóloga foi minha última tentativa de fazer algo por você.

Agora, estou pronto para recomeçar minha vida do zero para deixar você ir.

Seus amigos têm razão. Você é apenas útil quando bêbada.

Sua família tem razão. Você é melhor quando ignorada.

Eu realmente não ganho nada. Não posso amar ninguém como você."

No dia seguinte, Gloria arrumou suas coisas.

Gloria: — "Fiz as malas. Vou tirar minhas coisas no domingo."

Adão: — "Onde você irá? Seu amigo das noites de sexo lhe ofereceu uma cama?"

Gloria: — "Eu não transei com ninguém. Minha melhor amiga voltou do Reino Unido. Estava com ela e suas amigas."

Adão: — "Nos últimos meses, você me torturou de várias maneiras, me ofendeu várias vezes, e então perguntou, quando reclamei: "Por que está comigo se acha que sou malvada?"

Isso me lembra uma história: uma cobra foi atropelada por um carro. Uma mulher a pega, a alimenta e a leva a um estado completo de saúde.

Mas então a cobra a morde, injetando nela veneno mortal.

Em seu leito de morte, perguntou: "Depois de tudo o que fiz, por que eu?", Ao que a cobra respondeu: "Você sabia que eu era uma cobra quando me pegou."

Seus insultos são venenosos, suas provocações são venenosas; você é como uma cobra venenosa.

A arrogância e orgulho que você me mostra em ser como uma cobra venenosa fazem de você quem é. Mas não convidei uma cobra para viver comigo para ser envenenado até a morte.

Quer que seja violento para se colocar como uma vítima, em vez de agressora. Mas não quero jogar esse jogo com você.

Lhe disse desde o começo que iria até ao fim com você. Fiz isso. Você tem uma casa, um anel (que na verdade significa muito mais do que você pensa) e uma oportunidade para se consertar e se tornar uma pessoa melhor; melhor do que jamais você podia imaginar.

Eu te dei uma chance de provar para os outros que estavam errados sobre você. Te dei uma chance de mudar completamente sua vida e você mesma. E até te ofereci a chance de deixar seu emprego e nunca mais ter que trabalhar de novo pelo resto de sua vida.

Mas esse caminho acabou agora. Tudo terminou.

Eu já percorri todo o caminho. Não posso te salvar de você mesma. Só você se salva.

Gloria: — "Você agora está sendo egoísta. Não tenho mais dinheiro e não tenho onde ficar. Está me fazendo agora ter que gastar mais do que eu mesma tenho.

Eu tenho uma personalidade provocadora, mas não esperava essas coisas de você.

Você me machucou tanto. E é a primeira pessoa na minha vida com uma personalidade tão interessante. E sei que jamais encontrarei alguém como você. Mas você é o primeiro a me chamar nomes, ofendendo-me e sendo fisicamente abusivo."

Adão: — "Mulheres emocionalmente abusivas que se recusam a terminar um relacionamento são a causa de homens fisicamente abusivos.

Você me fez perguntas sem parar sobre meus relacionamentos anteriores quando te conheci e depois também. E então decidiu replicar a mesma história para mim e fazer o que as outras fizeram.

Para quê? Para me torturar? Para provar que sou malvado? Para me fazer mal?

Eu tenho mais brigas com você do que tive com qualquer outra pessoa antes. E você não muda.

Minhas ex-namoradas nunca receberam sequer um anel, mas pararam de beber cerveja por minha causa e se tornaram vegetarianas também por causa de mim.

As brigas aconteceram porque elas queriam um bebê e se casar, e eu não queria casar com elas ou ter um filho com elas.

Você não tem ideia de como seriam ciumentas de você.

DESTINO: QUANDO ENCONTRAMOS A ALMA GÊMEA

Tentei terminar meu último relacionamento muitas vezes por cinco anos. Ela não permitiu.

Ela ficava na minha porta, chorando a noite toda, até eu abri-la, mesmo que fosse de manhã quando ia trabalhar.

Se não pudesse entrar no prédio onde morava, ficaria do lado de fora, na neve, congelando, só para me pegar quando chegasse.

Não tinha ideia de como me livrar dela. Estava exausto com tudo.

No final, quando nos mudamos da China para a Tailândia, simplesmente a abandonei quando tive a chance e deixei nosso apartamento na Tailândia para me mudar para Espanha, enquanto ela viajava pelos Estados Unidos. E, no entanto, disse várias vezes que iria deixá-la.

Ela simplesmente não acreditava mais e pensou que poderia continuar me insultando para sempre.

Esse pode ter sido o relacionamento mais longo que tive, mas também o único violento.

Você cometeu um erro grave ao tentar replicá-lo comigo.

Não tem a maturidade de uma mulher, ou a disciplina e a responsabilidade de alguém que deseja trabalhar para mim e sob as minhas regras.

Você é o tipo de pessoa que, quanto pior as coisas ficam, pior se torna.

Nunca tive a chance de consertar nada.

Você não sabe como manter o respeito próprio, não mantém distância com outros homens, aceita tudo o que as pessoas falam sobre você e tem uma opinião fraca sobre o que quer e sobre o relacionamento.

Mas em vez de criar confiança, me provoca mais e destrói o relacionamento quando se comporta desse modo.

Sim, você pode ter que recusar ir a shows. Sim, pode ter que abdicar daquele festival de verão, no qual fica bêbada por três dias com amigos e acampa com quem quiser.

Mas se um dia quiser se casar, é melhor começar a perceber o significado da confiança em um relacionamento.

Não quero mais te ver bêbada ou festejando sozinha. Você não pode lidar com bebidas, você sempre fica bêbada.

Não pode escolher o que deseja fazer quando machuca outra pessoa e prejudica o relacionamento.

Quer amor no relacionamento ou quer amar uma garrafa de álcool. Um tem que ir.

Responsabilidade e pedir desculpas não é difícil. No entanto, raramente diz isso.

Mas melhor do que pedir desculpas, é aceitar responsabilidade.

Também sei que sem mim sua vida segue em uma direção muito diferente e com conseqüências carmicas concretas.

Se escolher a direção da vida que tem comigo, abdicará de beber álcool ou de comer carne pelo resto da vida. Vai abdicar de sair com outros sempre que não estiver presente. Você receberá terapia para resolver seus problemas. E nessas sessões, curará a causa direta por trás de suas agressões em relação a mim. Nunca mais fumará maconha ou qualquer outra coisa, incluindo um único cigarro. Se fizer essas coisas, me casarei com você dentro de um ano ou dois.

Depois de dois anos, pode deixar seu emprego, e pode começar a viver a vida que sempre sonhou, viajar o mundo comigo e até mesmo considerar ter sua própria família, incluindo seu primeiro bebê.

Você pode realmente ser muito feliz. Mas se decidir me afastar, ficar com seus amigos, vai acabar em um quarto, depois de sair desta casa, e voltar para suas rotinas anteriores, de festejar todo fim de semana com amigos até que esteja totalmente bêbada.

Pode voltar a fumar maconha também e ter sexo com estranhos. Mas as alucinações que você começou a ter recentemente, de ver rostos em pinturas que se movem e se transformam em demônios, aparecerão com mais frequência.

Seus pesadelos, relacionados à morte e ao assassinato se repetirão com mais frequência.

Você se sentirá mais solitária e mais deprimida do que nunca.

Em desespero, irá transar com estranhos com mais frequência, vai fumar maconha com mais frequência e começar a beber com mais frequência também, a fim de esquecer sua infelicidade.

Vai arruinar sua alma ainda mais. E um dia, alguém, talvez um de seus colegas de quarto, abrirá a porta do seu quarto e a encontrará morta na cama com garrafas de álcool ao seu lado.

Não vou estar nesta última realidade com certeza. E a única maneira de escolher a segunda opção, e viver, é se eu entrar novamente em sua vida.

Isso aconteceria?"

Capítulo 9

É óbvio que Gloria não apenas disse, "Você me salvou", várias vezes e pouco depois de começarmos o relacionamento sem motivo pois está claro para mim agora que me apaixonei por uma pessoa que sabia desde o começo que deveria estar evitando.

Me apaixonei por Gloria para salvá-la e não podia lutar contra isso, apesar de tentar evitar pensar nela todos os dias e tentar evitar o que sentia, especialmente, quando estávamos separados após nossas discussões.

Gloria, no entanto, continuou empurrando até os limites.

A confrontei sobre isso:

— "Gloria, por que você foi dizer a todos da sua família que sou fisicamente abusivo?

Gloria: — "Eu contei o que aconteceu entre nós, a situação.

Não estava me justificando. Estava chorando muito. E minha mãe estava reagindo.

Mas depois disso superei a situação e expliquei tudo.

Meu irmão que me conhece até disse que tenho um tipo de personalidade que irrita.

Disse à minha mãe que você tem mais boas qualidades do que ruins e que preciso me consertar.

Ela gosta de você, Adão.

Sinto muito por isso, mas não consegui conter as lágrimas diante de minha família."

Adão: — "Você basicamente me fez reagir agressivamente para que pudesse ter algo para limpar sua reputação na frente dos outros.

Não queria estar com você depois daquela noite. E especialmente depois que repetidamente disse: "Me bata!"

Gloria: — "Chega, Adão!"

Adão: — "Eu não gosto desse tipo de jogo que você criou de, "Ele tem mais boas qualidades do que ruins". Isso é você manipulando os outros para que pensem bem de si.

Gloria, você queria provar que tenho problemas mentais, e para quê?

Você acha que um psiquiatra vai me curar e então posso estar ao seu lado, passivo, enquanto você me provoca?

Não há cura para alguém que está reagindo a uma mulher emocionalmente e psicologicamente abusiva.

Terminei com você e isso é o que quero que entenda."

Gloria: — "Por que você está começando de novo?"

Adão: — "O que fez, espalhando para sua família que sou agressivo, é horrível.

Não estou começando de novo, Gloria. Simplesmente nada acabou. Você me usou.

Você espalhou para seus amigos e familiares que te abusei. Você me usou para limpar sua reputação."

Gloria: — "Não, disse a verdade. Estava magoada. Mesmo que tenha provocado."

Adão: — "Você me fez ficar mal na frente de todos para limpar sua reputação, para que mais tarde possa dizer: "Nós terminamos porque ele me bate", quando na verdade isso é besteira.

Nós terminamos muitas vezes porque você me insulta há muitos meses.

Você me manipulou primeiro e depois me usou para manipular os outros.

Não queria admitir que o relacionamento fracassou por causa de você, e então teve que dizer que foi porque te ataquei, quando na verdade me insultou o dia inteiro, chegou em casa à tarde totalmente bêbada, e então me chutou e disse: "Eu não vou deixar você dormir".

Você disse isso para eles também? Aposto que não disse.

Você disse, "eu o provoquei" para se fazer parecer como vítima.

O que fez quando visitou sua família só piorou tudo porque agora não tenho como encarar eles novamente.

Você disse a eles: "Eu estava totalmente bêbada quando o provoquei e ri de seu rosto e zombei dele, e não o deixei dormir às 4 da manhã, e ele reagiu como qualquer pessoa faria em tal situação"? Você disse isso?

Claro que você não o fez. Você disse: "Eu apenas provoquei e ele me atacou, mas ele também tem boas qualidades".

Sabe quantas vezes já vi esse filme antes?

Você é especialista na arte de manipular os outros.

Nunca mais vou visitar nenhum dos membros da sua família. Não tenho como vê-los depois do que fez.

E se acha que está em um relacionamento com um homem abusivo e é vítima indefesa, então justificou o motivo por trás de todas as separações, embora distorcido para o seu lado.

Essa briga em que te dei um soco no braço não é nem de agora. Você trouxe de volta para justificar a última separação, em vez de dizer a eles que caí da bicicleta e fiquei com raiva porque você não pediu desculpas e decidiu colocar uma festa em casa e cantar às 10 da noite.

E depois disso você chegou bêbada às 3 da manhã e disse: "Não é da sua conta onde passo a noite".

Você contou isso também? Você contou o que fez na noite antes de encontrar com eles?

Aposto que não fez isso.

Quando seu irmão diz que é provocadora, nem está vendo a imagem completa.

Você me desvalorizou na frente de sua família para proteger sua imagem.

Nós não tivemos brigas normais e separações normais, e não sou violento.

Você não está em um relacionamento abusivo. Você está mentalmente doente e não quer que ninguém saiba isso.

Agora entendo porque sua mãe lhe perguntou ontem se eu estava esperando por você com um jantar. Você certamente disse a ela que terminou comigo porque bati em você e não o contrário.

É a coisa mais insana que já vi.

Gloria: — "Podemos falar sobre isso depois."

Adão: — "Você passou um ano inteiro me afastando sem saber o que quer, me culpando por ser o oposto do que queria, e por não ser o tipo de cara que estava procurando. E, no entanto, temo que ainda não saiba o que quer, ainda não gosta de quem você tem e ainda está procurando por outra pessoa, razão pela qual continua me provocando o tempo todo.

Acho que você está mudando, mas em relação a quem era.

Muitas das acusações que você fez realmente combinam com sua personalidade.

Você exige muito mas não dá nada de volta."

Gloria: — "Como imagina essas coisas, que ainda estou procurando por alguém?"

Adão: — "Acredito que hoje você pode dizer uma coisa e até acreditar no que diz, e amanhã fará outra coisa e justificará, assim como sempre fez.

Você vive obcecada demais com suas próprias necessidades e não está preparada para um relacionamento.

Você não estava pronta antes e pode nunca estar. Não vejo isso como parte de sua natureza.

Você já formou sua personalidade.

É muito fácil para você dormir com alguém que acabou de conhecer, mas é impossível se comprometer com uma pessoa.

É muito fácil para você fazer o que quiser, mas impossível para obedecer e seguir outra pessoa.

É muito fácil para você não saber nada sobre si mesma e não se importar, mas é muito difícil fazer planos, ser responsável e comprometer-se com um futuro.

Acho que as exigências que você me passa estão disfarçadas de culpa e escondidas por trás de uma confusão de valores.

E sinto que sou mais uma escolha da sua família do que uma escolha sua.

Você não quer um cara como eu. Não me parece."

Gloria: — "Adão, realmente não sei qual é a resposta que está procurando.

Não diga que não me importo, porque também faço muitos esforços.

E sua sentença sobre obedecer, não tenho certeza se um relacionamento deveria ser sobre isso."

Adão: — "Construí um caminho muito claro e direto para você seguir. Você recusou.

E quando diz que uso você apenas como companhia, parece que o oposto é o que acontece.

Não sei como interpreta seus esforços ou a que tipo de esforço você está se referindo. Preciso saber a diferença entre a Gloria que dorme com qualquer cara e me diz que precisa de sexo (para justificar convidar centenas de caras para a cama dela), a Gloria que dividia uma casa de mentiras comigo enquanto festejava, embriagava, fumava maconha e se comportava como se eu fosse um idiota que tinha que esperar por ela e aceitar seus comportamentos egoístas, a Gloria que é agora e que não sei mais quem é, e a Gloria que você pretende ser e que não faço ideia também quem é.

Você sabe Gloria, sempre que quero saber alguma coisa sobre você, ou recebo uma mentira, ou uma besteira que me faz andar em círculos até esquecer o propósito da pergunta.

E realmente acredito que assim que tiver oportunidade irá embora com outra pessoa.

Mas você me deixou muito cansado com estes jogos mentais. Você aprendeu muito bem como ser um mentirosa.

Para uma jovem da sua idade, você mente muito bem. Mas nunca aprendeu a ser honesta.

Quanto mais você me conhece, mais pratica como escapar de perguntas e mentir. E não gosto disso.

Você reclamou muito sobre expulsar você da casa, mas deveria se perguntar por que alguém deveria querer dividir uma casa com uma mentirosa, uma pessoa desonesta que é completamente viciada em validação do sexo oposto e gosta de flertar com outros homens?

Você não está apta para qualquer relacionamento. E provavelmente nunca estará.

Mas como alguém pode saber isso (e não apenas eu) se você se recusa a responder a qualquer pergunta?

Só tenho suas ações para julgar. Mas não gosto de bancar o bobo. E é assim que me sinto com você.

A psicóloga que encontrou piorou você. E ao longo dessa caminhada, não me encontrará mais.

A única razão pela qual pagou quatro sessões é porque estava gostando de aprender sobre manipulação e controle; para que pudesse usar esse conhecimento contra mim. Pois sabe perfeitamente que nunca foi vítima.

Existem muitas coisas sobre você que são difíceis para qualquer um de acreditar."

Gloria: — "Adão, se você não vê nenhum propósito no relacionamento e nem pensa que sou a pessoa certa para ter um relacionamento, não posso forçar você a acreditar.

Estou deixando você fazer uma pausa."

Adão: — "Você começou morando comigo e se afastou passo a passo.

Quer voltar para a minha vida ou está apenas esperando que vá embora?"

Gloria: — "Primeira opção."

Adão: — "Eu sei que ainda é muito jovem para entender certas coisas, mas não é jovem demais para responder pelos maus comportamentos e mentiras que conta.

Requer muita energia e paciência para lidar com você.

Mas responder às minhas perguntas ajuda a construir essa confiança, especialmente se quiser voltar à minha vida.

Preciso saber se você pode viver comigo.

Nem deveria falar com você depois de descobrir que está indo de carro com outros homens.

Algumas coisas nunca vão mudar. E penso que a única razão pela qual fico bravo é porque espero que seja alguém que não pode ser.

Você é quem você é. Você gosta de foder com caras diferentes, fumar maconha e festejar até cair embriagada em sua cama.

Tudo o que requer que seja normal simplesmente não se encaixa."

Gloria: — "Você fala como se estivesse fumando todos os dias.

A sério, você está bravo porque o motorista era do sexo masculino.

Não foi um passeio qualquer para que você possa falar desse modo.

Também ninguém te obrigou a ficar comigo, Adão.

Qual é seu propósito ao falar sobre as mesmas coisas depois de tantos meses?

Se não te disse que te amo há meio ano, é porque leva tempo para mim.

Isto não foi amor à primeira vista, se quer saber. Fui honesta.

Você diz que era uma perda de tempo mas ficou. Então, por que continuou perdendo seu tempo se sabia que era um desperdício?

É inacreditável que você ainda diga isso.

Fumei maconha há quase um ano, e você ainda diz: "ah, você provavelmente fuma maconha", "oh, seu objetivo é apenas fumar".

Quando foi a última vez que me viu bêbada para ainda dizer que gosto de ficar bêbada o tempo todo?

E minhas noites de sexo com estranhos não aconteceram depois que comecei a estar com você para falar tanto sobre isso.

DESTINO: QUANDO ENCONTRAMOS A ALMA GÊMEA

Eu não falo sobre suas noites de sexo porque não me importo. Então por que diabos você está tão apegado ao meu passado?"

Adão: — "Um homem trabalha para transar. Uma mulher só precisa abrir as pernas e escolher com qual quer transar. Isso faz duma mulher que tem muitas noites com estranhos, uma vagabunda por padrão.

Agora, uma que convida centenas de caras para dormir com ela, porque "precisa de sexo" e "não pode viver sem sexo", como você me disse, ela pode se chamar de ninfomaníaca, embora uma ninfomaníaca seja sempre uma prostituta.

Não aceitar dinheiro, não muda a natureza do ato. E não coloque isso na minha cara como se fosse forçado a aceitar, só porque você acha que pode foder quem quiser e depois pode se casar com um idiota de sua escolha.

Ninguém quer ter uma prostituta para esposa, especialmente, se ela é uma ninfomaníaca.

E foi isso que você me mostrou com sua obsessão por estranhos na minha frente.

É claro que nunca vou acreditar em "passeios com estranhos". Nunca vou acreditar em nada que uma mentirosa me diga. Mentirosas mentem."

Gloria nunca mudou apesar de suas promessas. Dias depois, me afastava para terminar o relacionamento e festejava com as amigas novamente.

Disse que sou velho demais e feio demais para ela, e que quer outra pessoa, melhor que eu.

Então terminei o relacionamento e depois viajei para a Ucrânia.

Gloria aproveitou a oportunidade para festejar o mês inteiro com as amigas.

Vi suas fotos nas mídias sociais de longe, nas quais ela estava sempre completamente bêbada dançando sozinha em clubes todo fim de semana.

E, como se não fosse ninguém em sua vida, como se nossas conversas não significassem nada para ela, começou a usar aplicativos para namoro e afim de se encontrar com novos homens também.

Ao fazer isso, encerrou um ciclo em nosso relacionamento.

Mas, como mencionado anteriormente, isso representava um caminho sem mim. E o fim cármico dela teria que ser a morte.

Capítulo 10

Sentia falta da Gloria, não gostei da minha experiência na Ucrânia, e voltei a Vilnius para vê-la novamente, mas ela não pareceu feliz em me ver.

Adão: — "Por que você está tão brava se não me ama e nunca amou?"

Gloria: — "Porque amo você!"

Adão: — "Por que você tentou encontrar outro namorado se você me ama?"

Gloria: — "Você foi embora. Você saiu do país. Estava super brava com você e pensei que deveria seguir em frente.

Adão: — "Convidei você para minha casa para me casar com você. Você estava tentando encontrar um namorado enquanto compartilhava a casa."

Gloria: — "Eu estava tentando encontrar depois que você foi embora.

Você até disse que poderíamos ficar juntos se não tivesse sentimentos por você."

Adão: — "Você disse que estava tentando encontrar outro namorado para me substituir quando estávamos no carro. Por isso fui embora para a Ucrânia.

Você disse que gostava de flertar com outros homens na minha frente, mesmo que isso me fizesse parecer uma idiota. Por isso fui embora para a Ucrânia.

Você disse que mente para mim o tempo todo e é minha culpa acreditar. Por isso fui embora para a Ucrânia.

Você disse que merece melhor. Por isso fui embora para a Ucrânia.

Você disse que eu sou muito velho e gordo demais para você. Por isso fui embora para a Ucrânia.

Você se vingou do seu pai, ex-namorados e todos os outros homens que te machucaram e te abandonaram, me machucando. Você parecia muito orgulhosa disso como se tivesse se tornado uma mulher forte e bem-sucedida me machucando. Você atacou o único homem que realmente amou você para vingar outros.

Sua arrogância vem dessa falsa sensação de orgulho. E preciso de uma mulher que me ame de verdade. Por isso fui embora para a Ucrânia.

Você disse que é muito fácil encontrar estranhos para transar, mas não tem interesse em ter sexo comigo, porque sou muito mais velho e não tem certeza se quer ficar comigo. Por isso fui embora para a Ucrânia.

Você nunca explicou essas palavras, nunca se desculpou, nunca me pediu para ficar.

Você decidiu ir em clubes com seus amigos depois de dizer essas palavras horríveis. Por isso fui embora para a Ucrânia.

Quando brigamos sofro e não posso trabalhar, mas você se diverte e não se importa comigo. Por isso fui embora para a Ucrânia."

Gloria: — "Então por que voltou? O que quer de mim?"

Adão: — "Quero casar com você e construir uma família com você.

A quantidade de palavras que escrevi, quando apaixonado, irritado ou simplesmente preocupado com o futuro do relacionamento, palavras que você não leu e ignorou, palavras que chamou de poemas, poderiam preencher uma biblioteca inteira.

Embora tenha lhe oferecido uma biblioteca de sabedoria que você nunca visitou porque acreditou que ir em clubes seria mais interessante para o seu futuro e sucesso como mulher, coloca a atenção de outros homens como uma prioridade quando comparado a me respeitar. Por isso fui embora para a Ucrânia.

Você não me entende porque nunca conheceu um homem de verdade antes. Apenas meninos. Você acha que sou apenas mais um brinquedo como esses garotos porque é apenas uma garotinha. Tem medo de ser mulher. Tem medo de crescer. Tem medo da responsabilidade, da vida e do compromisso, do respeito e da obediência.

Você tem medo do mundo. Quer te queira, mas quer outra pessoa que não existe.

DESTINO: QUANDO ENCONTRAMOS A ALMA GÊMEA

Você quer dormir com dezenas de homens como antes para se lembrar dessa lição. Quer voltar para a loja de brinquedos com prateleiras intermináveis de homens para brincar porque acha que é uma princesa de um conto de fadas.

E está vendo a sua vida passar por você enquanto a desperdiça festejando e vivendo como uma menina da escola em um dormitório.

Nós não combinamos juntos porque você é como uma criança.

Quando as pessoas dizem que não combinamos, estão ofendendo você, e não a mim.

Quando dizem que encontrou um papaizinho, estão novamente ofendendo você e não a mim, porque é como chamar você de inútil ao se associar com um cara que é dono de empresas e tem muito mais conhecimento sobre a vida do que eles.

Quando seus amigos dizem que sou muito sério, estão novamente chamando você de ignorante e imatura.

Você não pode ver isso? Você não consegue ver que as pessoas querem você como você é e não crescendo mais rápido?

Seus amigos não querem que mude, porque sabem que, se sua vida melhorar, estará ocupada demais sem eles.

Mas você ama seus amigos mais do que me ama. Você os ouve, mas não ouve o que eu digo.

Levei você comigo para Espanha, França, Portugal e Holanda. Compartilhei minha casa com você. Prometi casamento depois de apenas três meses de namoro com você. Te ofereci meu próprio dinheiro para viver comigo sem trabalhar.

Como pode ser tão mesquinha e não ver tudo isso?

Você realmente pensa que seus amigos amam você?

Quem já te amou mais do que eu? Quem será que vai te amar para o resto da sua vida?

Onde em todo o planeta encontrará alguém com mais conhecimento e mais carinho por você? Onde em todo o planeta encontrará alguém capaz de transformá-la em uma pessoa melhor?

Talvez tudo que você queira sejam festas, cerveja e rosas. Qualquer cara pode te dar isso.

Se é isso que quer, qualquer outra pessoa pode ser boa para você.

Se é isso que quer, qualquer homem pode ser melhor que eu.

E quando me acusa de usar você para transar está me colocando abaixo do nível de todos os outros homens com quem transou apenas por sexo.

Acreditei que poderia me amar e é por isso que fiz muito por você. É por isso que te ofereci minha própria vida, que levou vinte anos para ser construída.

Você entende agora minha raiva? Me sinto traído.

Quero alguém que me faça feliz e me respeite, e não alguém que constantemente me provoca e me deixa com raiva.

Você pode festejar com seus amigos e encontrar com seus amigos, mas quando encontro com um amigo meu você fica completamente louca.

Você não entende de relacionamentos.

Se não quer ficar comigo, não pode me culpar por sua própria vida. Você a construiu."

Gloria: — "Eu sei que você é melhor que os outros de muitas maneiras, no entanto, aqueles "perdedores", como você os chama, nunca me tocaram ou ameaçaram. Isso foi uma coisa importante para mim.

Depois dessas atitudes, todas suas qualidades simplesmente desaparecem."

Adão: — "Uma mulher que quer me enganar e me tornar violento também é grave para mim.

Essas duas atitudes fizeram todas as outras suas qualidades desaparecerem.

E não, não quero te ver com outro homem, tanto quanto você não quer me ver com outra mulher.

Amor, respeito e confiança andam de mãos dadas. Não podem ser separados.

Me tornei violento porque não pude terminar um relacionamento com alguém emocionalmente me abusando. Você criou esta situação.

Mas você não pode ver porque os "perdedores" abandonaram você em vez de lutar pelo relacionamento.

Você tem apenas duas opções na vida: confiar em mim ou aprender com a experiência.

Eu lhe contei as histórias de minhas ex-namoradas para você aprender e não para você copiá-las.

Não me alegra saber que cairá em suas próprias armadilhas ou ver você dormindo em um dormitório novamente.

Não me alegra ver a pessoa que amo falhando na vida.

DESTINO: QUANDO ENCONTRAMOS A ALMA GÊMEA

Pode demorar um pouco para perceber a verdade no que digo. Mas se não confia em mim, nunca verá o que vejo.

O amor trabalha em seu coração; não na sua cabeça. E sinto muito sobre os erros que fez no passado, que destruíram seu potencial para amar, mas se pode escutar seu próprio coração, e menos sua mente, pode passar esta fase da sua vida.

Todo mundo morre mas poucas pessoas vivem.

Posso pedir desculpas por ser alguém que não sou, por ficar com raiva e me tornar violento. Mas não quero uma pessoa que trai, flerta na minha frente e me faz comportar desse modo.

Minha raiva e violência são justificadas. Mas você não consegue ver isso porque tem medo dos movimentos da minha mão desde que te conheci.

Eu estava confuso no passado. Então entendi o porquê. Você é violenta com os homens e teme a reação deles, mas não sabe se controlar.

Mas Gloria, espero que consiga ver que esse não é o caminho.

A principal razão pela qual te coloquei para fora de casa muitas vezes é porque não queria as brigas. Te coloquei fora de casa para não ser violento. Entende agora?

Você diz: "Sinto muito pelas coisas que disse ou fiz. Gostaria de nunca ter te dito essas coisas..." desde que comecei a namorar você.

Houve até um momento em que você me implorou para aceitá-la de volta, prometendo que nada de ruim iria acontecer novamente. Mas você nunca parou.

Você tem me insultado, me provocado e me atacado desde o primeiro dia em que te conheci.

A primeira vez que me separei de você, até me disse: "Eu sou sempre malvada para os meus namorados".

Então, quando todos começaram a ver isso, decidiu fabricar uma história com a ajuda da psicóloga para se retratar como uma pobre vítima de abuso doméstico. Para que sua família e seus amigos continuem achando que você é um anjo e é tudo minha culpa.

E você ganhou, porque não quero mais ver nenhum deles.

Mas essa violência que retrata nunca aconteceu e sabe disso, apesar do fato de que me bateu várias vezes, me atacou fisicamente enquanto durmo, rindo como uma palhaça, bêbada, e me provocando sem parar enquanto dizia: "Me bata! Bata em mim!".

Você queria que eu batesse em você porque o que os outros pensam de você é mais importante do que seu relacionamento ou sua saúde mental.

Você vive num horror constante do que os outros pensam de você, mas como um famoso escritor disse uma vez: "Tenho pena daqueles que sofrem e se humilham pela aprovação dos outros porque são realmente estúpidos".

Você não parece arrependida quando faz as coisas que faz, porque, imediatamente depois, corre para festejar com seus queridos amigos Marius, Ramune e Samantha.

Toda vez que brigamos, por dois anos, você festejou em clubes. E sei, de fato, que criou muitas lutas de propósito, a fim de obter a liberdade de festejar com eles.

Você nunca se arrepende de nada do que faz.

Como você pode se arrepender por tentar me enganar por dois anos?

Como pode sentir pena de dizer que sou muito gordo para você, muito feio e "velho demais"?

Você não está arrependida de nada. Você, Gloria, é malvada.

Você é maquiavélica desde que te conheci. Você é malvada por dois anos e provavelmente será sempre malvada.

E me sinto triste por você e sinto muito por tudo, mas não posso mais ajudá-la.

Você é uma adulta. Você é responsável pelas conseqüências de suas ações.

Você é responsável pela minha raiva e por perder a casa e perder o relacionamento.

Não era uma pessoa irritada quando me conheceu, ou era?

Sempre fiz o meu melhor para te fazer feliz. Você vem me atacando das formas mais horríveis, me fazendo parecer idiota na frente dos outros, conversando com ex-namorados on-line e na minha frente, me humilhando na frente de outros homens, porque como me disse: "Gosto de ver seus olhos quando eles querem me foder."

E você disse: "É engraçado ver você com raiva".

Bem, espero que esteja rolando no chão agora rindo disso.

DESTINO: QUANDO ENCONTRAMOS A ALMA GÊMEA

Você não está arrependida por nada. Você só se preocupa por si mesma, porque não consegue o que deseja. Mas sua vida é sua responsabilidade.

O que você fez no passado é sua responsabilidade. E o que diz e acredita sobre mim é sua responsabilidade também.

A verdade é que fiz por você muito mais do que deveria. Você não merecia um relacionamento tão longo comigo.

Gloria veio à minha casa no dia seguinte, me seduziu e fizemos sexo, depois de quase dois meses separados.

Depois disso, começou a sentir dor abdominal, e mais tarde naquela noite me ligou, para me dizer que estava desmaiando em seu quarto e perdendo consciência.

Disse a ela para chamar uma ambulância.

Poucas horas depois, ela me enviaria uma mensagem de texto do hospital dizendo que teria que receber uma cirurgia de emergência porque estava sangrando internamente e, sem essa operação, poderia morrer.

Pensava que iria perdê-la e ainda assim a salvei.

Creio que se ela transasse com outra pessoa em vez de comigo não teria ninguém para chamar naquela noite, ninguém para dizer-lhe para chamar uma ambulância. E minha profecia de Gloria sendo encontrada morta em seu quarto pela manhã seria cumprida. Porque ela não queria chamar uma ambulância como eu disse por celular. Ela acreditava que era apenas uma dor normal da menstruação.

Não era. Mas um cisto no ovário que abriu. E se tivesse esperado mais três horas, teria ficado completamente inconsciente e morrido.

Se não estivéssemos juntos até então e ela sobrevivesse, também passaria os dias seguintes sozinha naquele hospital cheia de tubos em seu corpo e comendo comida horrível.

Mas a encontrei e passei os dias inteiros, todos os dias, ao lado dela, enquanto ela estava se recuperando.

Nunca a abandonei por um único dia e era a única pessoa que a visitava.

Também cozinhei refeições saudáveis e saborosas para ajudá-la a se recuperar mais rapidamente.

Ela merecia tudo isso? Não sei. Só o futuro poderia dizer.

A verdade é que chegou muito perto de acabar morta com apenas 24 anos. E pelo que li mais tarde, foi o abuso de álcool em todas as festas a que ela foi depois de me expulsar de sua vida que fez com que isso acontecesse.

Em outras palavras, ela quase causou sua própria morte como previsto.

Pensei que essa experiência traumática teria acordado Gloria para o fato de que a vida dela só pode ser salva do meu lado e não ao lado de seus amigos, bebendo e se divertindo, mas não tinha certeza se ela podia ver isso.

A levei para minha casa para se recuperar apesar do que fez nas minhas costas e suas palavras no passado.

Só Deus sabe se ela já estava transando com outros homens. Ela admitiu que estava se encontrando com muitos homens mas esqueci tudo isso para me concentrar em sua recuperação.

Capítulo 11

Logo após a recuperação de Gloria, teríamos mais brigas. Desta vez porque continuava me pressionando sobre a opinião de suas amigas em relação ao nosso relacionamento. Pois não queriam que ficássemos juntos:

Adão: — "Você deve estar ciente de que minha opinião vem em primeiro lugar, acima da opinião de qualquer outra pessoa.

Seus amigos não valem nada se não puder aceitá-los e eles continuarem tentando destruir o relacionamento.

Não sou eu que deveria aceitar seus amigos, Gloria. É o contrário.

Qualquer mulher que se queira casar sabe disso.

Sua amizade com Samantha, Ramune e Marius, deveria ter terminado há muito tempo. Estas não são as pessoas com as quais deveria estar se divertindo ou bebendo.

A confiança é ganha, e você perdeu quando disse que tentou me trair, quando olhava para outros homens na minha frente, quando fazia todas as coisas que já mencionei, quando recusava sexo comigo e dizia: "Eu gostava de foder outros homens."

Há um preço a pagar por tudo isso. Você não pode resolver isso dizendo que é minha culpa porque não esqueço. E o preço é terminar com idas a clubes para sempre e especialmente quando existem brigas, ou você vai festejar o fim do relacionamento com seus amigos e nunca mais me ver de novo.

Se acha que manipulo você, perde meu tempo. Na verdade, todo mundo manipula você, exceto eu caso não tenha notado, porque não tem personalidade própria.

Você quer ser uma mulher respeitosa e respeitada?

Você quer se casar e ter sua própria família?

Então, você vai entender que você deve seguir o que digo.

Se não pode aceitar, não posso fazer mais nada por você.

Estou procurando uma esposa com essas características há um longo tempo. Se não encontrei, é porque passo muito tempo trabalhando e não tenho tanto tempo para festejar e namorar como você.

O que relacionamentos devem ser ou não ser, o que os outros fazem ou não fazem ... não me importo ... Porque não sou eles. Tenho necessidades e objetivos específicos na vida, e estou procurando uma mulher que seja compatível com tudo isso.

Eu não vou dormir com Ramune ou Samantha na minha cama. Eu não tenho três esposas.

Se tenho que manter apenas uma mulher, então ela tem que ser uma combinação perfeita para mim. Não para outros homens. Eu não moro com outros homens. Eu não me importo com o que eles fazem ou precisam. E você me irrita quando me compara com outros homens, porque eu não sou eles.

Pare de fingir que é uma vítima de outras pessoas, porque não é e está apenas me arrastando para baixo com suas palavras, enquanto me empurra ainda mais com comentários, que, honestamente, fazem você parecer muito pior do que já é."

Gloria: — "Eu preciso que você seja solidário e serei também.

Sei que não te dei atenção e vivemos como companheiros de quarto porque não temos tempo um para o outro, mas as coisas serão melhores, eu prometo."

Adão: — "Como sabe que as coisas vão melhorar? Como pode prometer isso, se não tem controle sobre sua vida e nunca cumpre qualquer promessa?

Provavelmente, as piores promessas que fez para mim foram ...

1. Quando, após a primeira briga, disse que queria o relacionamento e estava disposta a mudar seu comportamento, mas continuou festejando, fumando maconha e só Deus sabe que mais, como trapacear e beijar outros caras.

Sim, nunca vou esquecer esse ano, porque suas palavras e ações dizem mais do que suas promessas.

Trazer preservativos em sua bolsa e dizer que tentou trapacear, na minha cabeça significa foder um bando de caras que não queriam ser seu namorado e terminar com o idiota do Adão como última opção. Porque não há mais ninguém para manter por perto depois do sexo.

2. Quando se mudou para minha casa dizendo: "Eu farei qualquer coisa que você pedir para ficar com você", porque as coisas ficaram tão violentas, que queria apenas deixar o país.

Mas você não se importou. Só queria a casa para si mesma.

3. Quando você disse que faria qualquer coisa para eu ficar no país e não sair, depois que meu aluguel de apartamento acabasse. O que recebi depois? Mais do mesmo.

Você foi em uma "psicóloga" que é uma psicopata, e se parece mais com um paciente mental. E para sempre você repetiu o mantra: "Você é abusivo, está me manipulando e está me controlando".

Toda vez que lhe dava oportunidades, você me dava mais abuso em troca, e como resultado, perdia o respeito por mim, porque é o que acontece quando alguém como eu ajuda uma pessoa abusiva como você.

E agora você olha para mim como um cachorro abandonado que guarda porque não tem ninguém para se divertir.

Apenas uma palavra de um dos seus amigos, e você sai fora da porta como se eu nunca tivesse existido.

Não faz sentido discutir com você. Neste momento, Gloria, me odeio mais do que te odeio, portanto parabéns por essa grande conquista sua.

Já vi esse filme antes, e estou vendo de novo, simplesmente porque continuo assumindo que o final do filme é diferente se continuar assistindo."

Gloria: — "Nós terminamos, por isso sim, fumava e fiquei bêbada em janeiro.

Estávamos separados, então por que você deveria se importar?"

Adão: — "Se quando fecho meus olhos à noite, você faz o que quer pelas minhas costas, então também não quero mais ver você quando os abro pela manhã.

Quando estava planejando deixar a Lituânia, você mentiu como sempre faz.

Você mente sobre o passado, você mente sobre o futuro. É tudo mentira, o que vem de você.

Você mente quando chora, você mente quando sorri; você mente quando não está comigo; você mente quando está comigo. Você mente quando me importo com você. Você mente quando não me importo. Você mente quando diz que não vai mentir. Você sempre mentirá.

Você é uma mulher cuja natureza é mentir. E me disse, antes de eu sair da Lituânia: "Isso não é quem eu sou, não sou assim". E eu fiquei, e você se comportou como quem você disse que não é, porque é uma mentirosa.

Você mente quando sofre, mente quando está feliz, mente quando diz que quer uma família comigo. Você mente quando diz adeus. Você mente quando chora lágrimas para eu não ir embora.

Você chora para me pegar de volta. Você chora quando te coloco para fora de casa e isso não significa nada para você. Você mentiu tanto que ficou louca.

Você mente tanto que nem sabe quando mente para si mesma.

Você pode ficar bêbada, fumar maconha e dormir com outros caras e mentir sobre tudo.

Você admitiu que estava procurando por um cara melhor enquanto morava na minha própria casa, porque não tinha certeza se queria o relacionamento.

Durante um ano inteiro você não tinha certeza? Era tudo uma mentira.

Quando o relacionamento começou para você? Cinco meses atrás?

Você não merece confiança, sob meu teto, comigo, sem mim, com palavras ou em silêncio.

O que eu digo ou não digo, nada importa para você.

Então quem amo? Uma ilusão?"

Gloria: — "Se quiser, bebo. Se não quiser, não bebo. Não é mais sua preocupação."

Adão: — "Mas você quer isso o tempo todo, você sempre vai querer, e você não pode manter as pernas fechadas quando vê um homem, você não pode dizer 'não', quando tem uma chance de ficar bêbada, e não pode dizer 'não' para maconha.

Em seu cérebro, você sempre encontrará desculpas para fazer o que quiser. "Foi apenas uma vez", "é o passado", "foi há muito tempo", "não vou fazer de novo". As justificativas são sempre as mesmas.

Mas Gloria, não é mais minha preocupação. Se acha que eu não deveria me importar, você nunca me amou e ainda não me ama.

Você me quer, mas não quer me respeitar.

Você quer um relacionamento, mas não quer se comprometer.

Você quer que acredite em você, mas sempre mente.

Não há conceito de certo e errado para você. Para você, tudo vale, e o resto do mundo tem que se adaptar às conseqüências de seus comportamentos.

DESTINO: QUANDO ENCONTRAMOS A ALMA GÊMEA

O problema é que posso ver o mesmo padrão sempre se mostrando.

A única coisa que você não confessa de ter feito quando estamos separados é ter me traído. Mas posso ver claramente os padrões do seu corpo quando mente, porque já mente há bastante tempo.

É por isso que, quando esta manhã fiz perguntas, recebi a verdade apenas olhando para você.

E fico ainda mais bravo quando você tenta esconder o que já sei apenas observando você.

Pode nunca confessar que me traiu, mas tenho certeza de que o fez, porque pode mentir facilmente sobre qualquer outra coisa.

Você é viciada em sexo, álcool e drogas. Se não consegue parar o álcool e as drogas, não pode deixar de fazer sexo com estranhos também. Você é uma mentirosa compulsiva.

Tem me insultado este tempo todo.

Eu não acho que realmente perceba a gravidade desta situação ou das coisas que faz. Acho que devia ficar trancada em um hospital psiquiátrico por toda a vida porque está terrivelmente doente e continuará piorando.

É verdade o que as pessoas dizem. Não se pode transformar uma prostituta em uma dama.

“De que cor era o carro dele?", Você me perguntou.

Será que falhar na cor significa que não posso provar isso?

Você já confessou indiretamente ter traído. Você é um zero como mulher.

Como um rato de clubes, uma bêbada ou o cão dos seus amigos, merece uma medalha, mas por três anos em um relacionamento, tem sido nada mais do que uma vadia e uma idiota.

Prometi a você casamento e uma vida sem emprego, mas tudo que queria era meu dinheiro.

Quando percebeu que estava perdendo dinheiro, decidiu verificar suas opções com outros homens e flertar com outros caras, instalando aplicativos de namoro e planejando viagens para Inglaterra para foder sem ninguém saber.

Encontrei uma casa para você, sua puta idiota!

Você estava dormindo na cama de um homem gay durante esse período e enviando 300 mensagens de texto para sexo casual por ano a outros homens, porque não conseguia passar mais de duas semanas com as pernas fechadas.

Você não tem vergonha?

Gloria, pode ter um monte de ofertas de pau toda a sua vida, mas não vai encontrar mais ninguém perto do meu valor.

Só fiquei com você por muito tempo porque estava esperando por mudanças.

Você mudou na direção oposta. E há muitas vagabundas neste mundo com problemas mentais que pensam que têm direito a um homem valioso que podem pisar e trair.

Sua arrogância realmente não me afeta tanto quanto imagina.

Você está ficando ainda mais feia muito rápido e já tem os dentes de alguém que tem fumado muita erva.

Portanto, não sei quem está te dando um impulso no ego e fazendo você acreditar que é muito especial, mas não é difícil adivinhar os três nomes.

Realmente espero que você continue ao longo dessa estrada e esmague contra a parede da realidade. Tem feito um ótimo trabalho até agora."

Gloria: — "Mesmo que não encontre uma pessoa com os valores que você tem, estou procurando por felicidade.

Quando Vitoria me perguntou se estou feliz com você, não poderia dizer sim.

Quando ela me perguntou se te amo, se estou apaixonada por você, também não poderia dizer sim.

Então comecei a me questionar, o que sinto, ou se sinto alguma coisa.

Você abraça seus valores, mas sabe, não me importo com quantos livros escreveu se você me chamar de estúpida e muitos outros nomes. Não me importo se um cirurgião comprou seus livros se você ameaçar me bater."

Adão: — "Você é uma mentirosa desde que te conheci e sempre será uma mentirosa, e uma traidora, porque o que realmente quer é um namorado em casa para não se sentir sozinha enquanto dorme com outros caras por diversão.

Eu não sei com quantos homens você teve relações sexuais, mas se pode foder com mais de dez homens antes dos 22 anos e foder com qualquer homem que te pedir isso, e se beijou mais de cinquenta homens em dois anos, já conheço o seu tipo.

Todas as nossas brigas são apenas sobre você tentando me convencer de que sou o cara estúpido que você estava procurando.

Você nunca foi uma namorada e eu não quero uma porra de uma mulher com doenças sexuais de outros homens.

DESTINO: QUANDO ENCONTRAMOS A ALMA GÊMEA

Todos os mentirosos terminam do mesmo modo, e não vou mais bloquear seu carma.

Se você acha que sua vida foi dolorosa antes de me conhecer, estará enfrentando um inferno depois que eu for embora.

Você acha que é muito importante, mas sei que é uma máscara. No fundo, você é uma frágil criatura assustada que não consegue sentir nada, não entende nada, é burra demais para manter um relacionamento valioso e acredita em qualquer coisa que seus amigos invejosos dizem. Porque precisa da aceitação deles, porque você é vazia - não tem valores, não tem respeito próprio, não tem qualidades, nada.

Você me enganou bem quando te conheci, mas agora vejo quem realmente é.

Sabe o que é realmente impressionante sobre seus insultos? Tenho tentado manter você longe de pessoas que realmente não gostam de você e pensam que sou melhor que você.

Marius disse que não sou seu tipo, porque estava comparando um dono de negócios à procura de um relacionamento sério com um africano que passa seus dias fumando maconha, um sul-americano à procura de buceta na Lituânia e todos os outros companheiros de foda que ele viu com você.

"Não é o seu tipo" significa que você merece muito pior, os homens mais sujos disponíveis.

Samantha disse que estava ligando para ela, porque era isso que ela queria ver acontecendo. Ela acha que é melhor que você e que você não merece um homem inteligente e maduro como eu.

É por isso que ela usou o argumento, "muito velho", contra você. Ela acha que eu deveria estar procurando alguém melhor, como ela, porque você não é boa o suficiente.

É por isso que ela brigava tanto com seu namorado, Gintas, pois queria liberdade para encontrar melhor.

O pior para ela é ver a sua amiga idiota, ou seja, você, com alguém melhor que o Gintas.

Sim, Samantha está com ciúmes de você. Porque queria um cara que viajasse e tivesse conhecimento. E não um cara chato como o Gintas.

Ela traiu Gintas e continuará a fazê-lo até encontrar alguém melhor. É por isso que ela trabalha para o governo — ela é movida pelo poder e é narcisista. E não tem muitos amigos como você porque ambas compartilham a mesma doença mental.

É por isso que ela prefere destruir seu relacionamento do que vê-la sendo bem-sucedida.

Ainda assim, permitindo que ela faça isso, é como se você estivesse beijando sua bunda.

Ir ao casamento dela será como beijar sua bunda publicamente. E não ficaria surpreso se ela tentar humilhá-la em seu casamento apenas para se divertir.

Naturalmente, ela sempre lhe apresentará homens solteiros que ela conhece, como tem feito todo este tempo desde que estamos juntos. Para ter certeza que você vai namorar alguém inferior, mas dentro de seu círculo. Para evitar que você vá a qualquer lugar na vida.

Você é tão burra que não consegue ver isso.

E Ramune, disse que sou muito feio para você, porque ela própria tem um homem muito feio.

Ela não acha que eu sou feio, mas disse isso porque queria que você festejasse com ela e estivesse com alguém pior. Não com um "homem sério" como ela disse.

Sério significa maduro, Gloria.

Ela não estava nervosa perto de mim porque falo sério, mas porque a fiz parecer estúpida e infantil. É por isso que ela briga com seu namorado feio.

Eles brigam porque ela é muito estúpida e infantil, assim como você é.

Não é irônico que ela consiga destruir seu relacionamento sabendo que o relacionamento dela é muito pior?

Mas você não ousa dizer a ela que o namorado dela é cem vezes mais feio do que qualquer outra pessoa, incluído eu, certo?

Você sabe o que é melhor para mim? O melhor para mim é acreditar em seus amigos, porque você gosta deles mais do que gostou de mim.

Se sempre teve brigas comigo desde que te conheci por causa deles, se concorda com eles em tudo que dizem, e se você mesma briga para ir encontrá-los e me fazer ficar mal nas conversas que tem com eles, então o melhor para mim é realmente ir com a corrente como faz e acreditar no que eles dizem sobre você quando falam sobre mim.

DESTINO: QUANDO ENCONTRAMOS A ALMA GÊMEA

Porque é isto que eles realmente dizem:

- Marius: "Você merece uma mulher que quer uma família, e não uma que é uma prostituta que gosta de transar com homens que ela conhece em clubes, e está sempre procurando por novos caras."

- Samantha: "Você merece uma mulher que é inteligente e quer viajar pelo mundo com você, e não a idiota da Gloria, que nem sequer lê e não sabe nada sobre a vida".

- Ramune: "Você deveria estar com uma mulher que é séria e comprometida, e não uma que é infantil e irresponsável. Deveria ter uma capaz de manter seu relacionamento intacto."

Se você os coloca primeiro e à minha frente, significa que te conhecem melhor do que eu.

O melhor para mim é realmente concordar com eles e encontrar o tipo de mulher que eles descrevem ao triangular você contra mim."

Gloria: — "Sabe, mesmo que não vá no casamento de Samantha, não há como criar uma família.

Você está saindo do país de qualquer maneira."

Adão: — "Primeiro, estive aqui por quase três anos e você até me disse que queria me trair por mais de um ano.

Depois dessa confissão, ficou festejando por um mês inteiro, com a maior probabilidade de foder também.

Segundo, eu não confio mais em você, e você não me dá razões para confiar porque é claramente uma vagabunda e não quero esperar ser traído."

Gloria: — "Estou sempre muito nervosa perto de você e não gosto de mim quando estou com você."

Adão: — "Isso é projeção. O que realmente quer dizer é: "Eu sei que você, Adão, não se sente bem perto de mim."

Gloria: — "Você nunca me escuta. Você não se importa."

Adão: — "Projeção novamente: 'Eu, Gloria, não me importo com o que você, Adão, tem a dizer, e não te escuto'".

Gloria: — "Eu não quero mais compartilhar nada com você."

Adão: — "Você não compartilhou nada que já não fosse óbvio. O pior foi o que eu tive que encontrar sozinho — centenas de mensagens que você enviou para diferentes homens convidando-os para o seu quarto.

Eu nunca vi nada tão chocante em toda minha vida.

Mas talvez você não tenha auto-estima.

Eu tenho vergonha de ti. Mas talvez tenha mais respeito por você do que o que você tem por si mesma ou mesmo por mim."

Gloria: — "Estou planejando alugar um apartamento sozinha e você está deixando a Lituânia.

Este é o tipo de relação que você quer?"

Adão: — "Não, este é o tipo de relação que você quer. Você nunca me deu a relação que eu quero.

Se eu fosse capaz de controlá-la e manipulá-la, como você diz, teria feito de você uma pessoa melhor e casado com você há muito tempo. Mas quem está realmente controlando você e manipulando você? Seus amigos: Marius, Samantha e Ramune."

Gloria: — "Eu não posso mais olhar para você, não quero mais te beijar. Eu me sinto forçada."

Adão: — "Pessoas como você precisam sofrer para aprender. Sei que quer encontrar um cara melhor que eu, mas não vai encontrar porque esses caras não gostam de garotas como você.

Sempre encontrará caras para transar mas seus relacionamentos nunca durarão mais que o nosso."

Gloria: — "Até ontem o sexo foi literalmente físico porque não senti nada. Você me ofendeu tanto que não sinto mais amor."

Adão: — "Você nunca me amou. Você mesma disse. Portanto não sei de onde isso vem."

Gloria: — "Tudo sobre você me deixa nervosa; o jeito que vive, sua roupa, sua risada, suas piadas, suas conversas, o jeito que você anda. É insano. Eu não quero isso. Eu não quero mais."

Adão: — "Você tem sérios problemas mentais. Não está relacionado comigo."

Gloria: — "Você deve encontrar uma pessoa que vai te amar honestamente."

Adão: — "Eu concordo. Você nunca me amou e nunca foi honesta. E esta é provavelmente a única verdade que disse até agora."

DESTINO: QUANDO ENCONTRAMOS A ALMA GÊMEA

Gloria: — "Conceito interessante de relacionamento. Estou dizendo que minha opinião não importa neste relacionamento, que você só diz o que quer e não se incomoda em me ouvir e é minha culpa novamente.

Você quer apenas uma boneca que não quer conversa.

Eu quero ter minha voz e opinião mas não tenho permissão, porque, aparentemente, você tem mais conhecimento.

Então, prefiro não falar com você, porque não faz sentido. Só você importa."

Adão: — "Você não tem fibra moral, não tem ética, não tem regras, não tem valores, nada.

É por isso que pode transar com qualquer estranho, mas se sente nervosa sempre que existem emoções envolvidas.

Você transou com muitos caras e se machucou para sempre. Portanto, manteve amizades que continuam reforçando seus problemas mentais.

E é difícil lidar com uma pessoa com problemas mentais graves. Mas pior do que isso é ter que lidar com um hospital inteiro de pacientes mentais (seus amigos e familiares).

Eu posso tolerar e aceitar sua família porque é sua família, mas se não está disposta a cortar seus amigos de sua vida como um cisto ou câncer em seu corpo, e se não pode cortar o álcool e deixar de ir festejar sozinha, realmente não tenho interesse em vê-la mais."

Se realmente quisesse se casar, já teria casado. Mas não pode mais conseguir isso, porque fodeu tantos caras que agora seu conceito de relacionamento é baseado numa noite e a vida de uma mulher solteira.

Você não pode mudar desse passado. E sei porquê, mas não sou seu psicólogo e você se tornou mais malvada para mim porque tentei ajudá-la e "consertar sua cabeça".

Você pode mudar mas para pior. Muito pior.

Você basicamente usou tudo o que fiz por você contra mim, chamando-me de supressivo, psicopata e insano, que é o que você é.

Um dia estará me chamando de narcisista também.

Já começou a dizer às pessoas que te maltratei. Mas na verdade você começou a violência várias vezes e mereceu uma surra mais de uma vez.

Você só respeita a violência, mas depois distorce os fatos em sua cabeça, por causa de seus traumas de infância.

Preciso duma mulher que saiba me apreciar e me respeitar e que me admire.

Amor, você nunca me amou. Você nem sabe o que é amor. Você tem medo de amar.

Toda vez que você sentia amor em seu coração batia em meus testículos, jogava um guarda-chuva no meu rosto ou ficava bêbada com outra pessoa para esquecer.

Você está danificada Gloria. Quanto mais falo, mais você distorce as palavras e as usa contra mim. Pelo que não há mais motivo para estar com você.

Você vê Gloria, uma pessoa com problemas mentais e uma infância traumática, como você tem, mesmo que se tenha tornado uma prostituta, e dormido com mais de trinta caras antes dos 22 anos de idade, e esteja mentalmente danificada, ainda poderia casar e tirar ela da Lituânia para viajar comigo onde quer que vá, para me fazer companhia e curtir a vida ao meu lado, como o que você experimentou em Portugal, Espanha, França, Holanda, e Polônia. Mas preciso que essa mulher se comprometa, e não que vá festejar com pessoas que tentam terminar meu relacionamento com ela, ou que até vá comemorar o casamento de tais pessoas. E que seja confiável, mas não alguém que quer se divertir sozinha na Inglaterra e ir para a Holanda ver strippers e casais fazendo sexo em público. E alguém que respeita o que eu digo, e não alguém que insulta cada coisa que digo.

Sabe o que mais Gloria? Por três anos permiti que danificasse minha vida enquanto a via curtindo a sua.

Você está competindo comigo e é vingativa e muito mais. E esse é o problema real aqui: você quer um cara legal como eu, mas odeia caras legais.

Você não faz sexo com caras legais. Você só fode com caras que parecem "legais", mas não são legais.

Eu fiz você perder o interesse em mim porque não era tão legal quanto pensava, mas na verdade muito sério e trabalhador, e você se ressente disso."

Gloria: — "Quero socializar com as pessoas, e me senti muito melhor quando me encontrei com minhas amigas depois da separação. Mas você não entende e quer que fique só com você. Tenho 25 anos e quer me trancar na casa."

Adão: — "Você deveria ter morrido há pouco tempo atrás, e é porque voltei para a Lituânia que não morreu.

DESTINO: QUANDO ENCONTRAMOS A ALMA GÊMEA

Tudo o que você fez nas minhas costas, atraiu um tão alto nível de carma ruim para você que teve que passar por isso. E deveria ter sido muito pior do que foi.

Mas você não sabe nada sobre o mundo em que vive. Você é espiritualmente cega. E aceito o fato de que sua alma não tem mais chance.

Eu fui sua última chance, e acredito que não te conheci por coincidência. Você deve ter pedido algo especial antes de eu aparecer em sua vida.

Só espero que não tenha me passado nenhuma doença sexualmente transmissível dos homens com quem me traiu."

Gloria: — "Se você acha que te passei uma doença, vá e confira."

Adão: — "Se fez sexo com outra pessoa, ou chupou o pau de um stripper na Holanda, ou fodeu por diversão" apenas uma vez ", ou o que você disser para se justificar, deveria deve me dizer, e não apenas me mandar a um médico, para ver se pode escapar de uma confissão.

Porque o que você está dizendo, basicamente, é que não confessa nada a menos que haja alguma prova. É o mesmo de sempre.

E então você fala sobre criar uma família, mas não pode se controlar na frente de outros homens, como mesmo vi e ouvi de outras pessoas.

E você me culpa por querer estar com você apenas por sexo, mesmo que tenha mandado mensagens para centenas de homens só porque é tudo que você quer.

Você até ia a uma boate com seus amigos porque gosta de procurar oportunidades de transar e acha que não é trapacear quando não estamos juntos."

Gloria: — "Eu te disse que não dormi com ninguém, mas você não acredita e me culpa pelas doenças que nem tem."

Adão: — "Eu preciso duma mulher que possa me ajudar a alcançar meus objetivos na vida.

Você não é essa mulher, Gloria. Você só me quer preso na Lituânia porque sua vida não está indo a lugar nenhum.

Eu já te disse muitas vezes: eu sempre estou primeiro. Não a ciumenta-samantha, não a retardada-Ramune, não o filho-da-puta-Marius.

Tivemos muitas brigas por quase três anos, por apenas um motivo. Só uma razão Gloria: Você é estúpida.

Não havia nada de errado em obedecer ao que digo. Você é simplesmente ignorante demais para ver isso.

O problema começou quando começou a ouvir o que os outros dizem. Aqueles outros lhe disseram que é legal ser uma prostituta, ficar bêbada e fumar maconha. Aqueles outros lhe disseram que uma mulher independente vai em clubes sozinha e não justifica nada. Aqueles outros lhe disseram que sua vida comigo é chata e quero controlá-la. Os outros disseram que tem o direito de explorar suas oportunidades e fazer sexo com qualquer homem.

Mas não posso lutar contra o mundo inteiro e ainda viver minha própria vida, ou forçá-la a ver algo que você não pode ver.

Eu sei que você tem sofrido muito e lutado com seus próprios pensamentos. Também sei que muitas vezes você chora sozinha. Mas já te dei três anos da minha vida.

Se você quisesse aprender, já teria aprendido.

Em vez disso, atrasou minha vida, me insultou várias vezes e continuou traindo minha confiança em você.

Mas não me peça para me rebaixar ao nível baixo das pessoas que conhece. Isso não é amor. Isso é o oposto.

E a maioria das palavras que saem da sua boca, incluindo o sarcástico: "Você deve ser meu anjo da guarda", veio do próprio diabo.

Ser sarcástico não é ser inteligente, Gloria. O sarcasmo é a maneira como o imbecil esconde sua ignorância sobre o mundo quando fala na língua dos demônios.

Eu amei uma pessoa chamada Gloria, mas só a via de vez em quando e não a vejo mais. Eu não sei quem você é. Eu não me vejo em seus olhos. E também não vejo sua própria alma em seus olhos.

É por isso que perguntei se você gosta de si mesma. Não há nada de forte em ser má e não há nada de bom em ser autodestrutiva.

Minha vida sempre foi boa Gloria. Tentar provar que estou errado não diz nada sobre mim. Diz muito sobre você apenas.

Você não é a mesma pessoa que conheci, mas pior. Não te reconheço mais.

Você é como um demônio cheio de raiva e ódio. Sua falta de auto-respeito e falta de amor-próprio não são culpa minha.

E a psicóloga que você encontrou, como seus amigos, usou essas duas coisas contra você.

Sim, você está sendo manipulada o tempo todo pelas pessoas que dizem que você é "bonita demais para fazer escolhas que eles não podem aceitar", "esperta demais para se permitir aprender com uma pessoa mais inteligente", "muito jovem para crescer". Seus amigos a manipulam com muita facilidade, usando sua falta de respeito próprio e falta de amor próprio contra você.

E então você chora por confiar neles e destruir tudo o que tem em sua vida. Mas, como disse, não sofreu o suficiente ainda, porque estou bloqueando o seu carma de entrar.

Você deve ter feito muitas coisas ruins para mim porque seu carma é muito pesado."

Capítulo 12

Gloria tentou se reconectar comigo várias vezes, mas não o permiti, não sem obter as respostas que queria e precisava.

Adão: — "Quando você me disse na Polônia, "Se um homem ama uma mulher, não há problema que ela trapaceie com outros homens", estava novamente fazendo outra confissão indireta. Assim como fez quando disse que planejava trapacear por um ano inteiro enquanto morava na minha própria casa.

Por que você me implorou para ficar na Lituânia?

Por que me implorou para deixar você ficar comigo na Polônia?

E quer falar sobre a solidão?

Me sinto mais sozinho quando estou com você. Porque onde te levar, você sempre quer flertar com qualquer outro homem.

Você não pode se controlar sempre que vê um homem. E parei de sair com você porque você me envergonha seriamente na frente de outras pessoas e faz todo mundo que conheço ficar envergonhado com seu comportamento infantil e de prostituta.

Basicamente perdi minha vida social na Lituânia por causa de você.

Você sabe que mais Gloria, quando chorou como um bebê e me implorou para não deixar a Lituânia várias vezes, e depois me disse que planejava me enganar por um ano inteiro, e que esse era o passado e deveria esquecer isso, me atingiu com um golpe muito forte no meu coração.

Depois disso, ia festejar com seus amigos todas as noites, a noite toda, para fazer sexo com outros caras. Isso é muito cruel.

Quando voltei, você acabou no hospital, e fui visitá-la todos os dias e até mesmo cozinhei para você e parei completamente meu trabalho durante esse período.

Em troca, você repetiu exatamente os mesmos comportamentos.

Você me passou os mesmos insultos e depois seguiu para festejar com pessoas que me insultam como a Samantha.

Como você pode ser tão ingrata e repugnante com alguém que faz tanto por você?

E agora quer me dizer que eu sou louco e que você não está mais interessada em mim?

Eu sou uma piada para você?

Quando te conheci, você me perguntou se terminaria o relacionamento caso todas as pessoas que conheço não gostassem de você. Agora vejo porquê.

Também me perguntou por que terminei relacionamentos com outras mulheres. Agora vejo o porquê.

Também disse que não pode se controlar e é uma idiota com todos os homens com quem se relaciona. Agora vejo o motivo.

Não existe realmente nada mais a fazer por alguém que não possa nem aprender com suas experiências anteriores ou com uma experiência de quase morte.

Sua vida não estava indo a lugar algum antes de me conhecer e nada mudou.

Pelo menos teve muitas chances de mudar isso.

Deveria ter abandonado seus amigos, cortado a comunicação com seu passado, para perceber o quanto poderia conseguir, como um bilhete de loteria premiado caído do céu.

Seus queridos amigos fizeram você. E é muito triste que você não consiga ver que foi enganada por outras pessoas e se permitiu destruir sua própria saúde — mental e física, assim como seu futuro.

Você é apenas uma vítima de si mesma. Você criou o que tem.

E se acha que pode terminar melhor que eu, te desejo boa sorte. Porque a última coisa que sempre quis foi uma mulher que me desrespeita e me impede de viver a vida dos meus sonhos. E que, ironicamente, é a mesma vida que você queria para si mesma.

Cada conversa com você circula nos mesmos temas:

"Eu não fiquei bêbada; E se fiquei, foi há muito tempo atrás;

E se fiquei bêbada, isso não é um grande problema;

E se for, não é minha culpa — meus amigos colocaram as bebidas na minha frente;

E se fiquei bêbada, não queria ficar;

E se quisesse ficar bêbada, a culpa é sua por estar na Ucrânia."

Ou, por exemplo:

"Eu não fiz sexo com um monte de caras;

E se o fiz, todo mundo faz isso de qualquer maneira;

E se transei com muitos caras, não fui paga como uma prostituta;

E se me comportei como uma prostituta, é porque preciso de sexo;

E se fui uma prostituta, é porque era solteira;

E se não puder me desfazer do passado, isso é problema seu."

O que me diria se tivesse traído com outros homens?

"Não traí;

E se o fiz, foi apenas uma vez;

E se te enganei, isso agora é o passado, e você deveria calar a boca;

E se traí, não é minha culpa — outra pessoa colocou seu pau na minha frente;

E se dormi com outro homem, não quis fazer isso;

E se quis fazer isso, você mereceu".

Qual foi o propósito de fazer-se de difícil de obter para mim, se qualquer homem pode estalar seus dedos e suas pernas se abrem automaticamente?

Você gosta de fazer as pessoas boas parecerem estúpidas, porque você é uma pessoa ingrata?

Eu fiz por você o que nenhum outro homem fez, mas você não vale nem uma noite de sexo.

Da próxima vez que invejar outras mulheres e seus relacionamentos, lembre-se de que ninguém quer uma prostituta alcoólatra que esteja morrendo com problemas psiquiátricos como você.

E que Deus tenha piedade de sua alma, porque flutua no inferno.

Você nunca me apreciou, quem realmente sou ou tudo que fiz por você.

Por que alguém deveria querer você? Uma vagabunda, trapaceira, mentirosa, com problemas mentais, e alta probabilidade de contrair câncer, sempre insultando, sempre manipulando, sempre flertando com outros homens sem vergonha.

Você até admite: "Eu gosto quando os homens me olham como se quisessem me foder."

Você estava fazendo isso comigo ao seu lado e com um anel de noivado de ouro em seu dedo.

E reclamou comigo que nunca saímos e não temos amigos.

Onde posso ir com uma idiota como você?

Que tipo de esposa você acha que pode se tornar?

Eu não sei o que queria de mim o tempo todo, mas nada de bom em minha vida aconteceu ao conhecer você.

Você transformou minha vida inteira, não apenas num circo, mas todo um hospital psiquiátrico."

Gloria: — "Sua opinião sobre mim é formada pelas coisas que eu fazia quando você nem me conhecia."

Adão: — "As coisas que fez antes de te conhecer, fazem ser quem você é — uma prostituta e uma vadia nojenta.

O que mudou depois que você me conheceu? Você flertou na minha frente várias vezes, continuou tentando ver se tem chances com novos homens e até me disse: "Você é muito feio para mim e tentei trair você porque mereço melhor".

Você acha que esqueci isso ou os preservativos em sua bolsa ou as noites em que saía não me dizendo onde ia?

O problema não está em mim Gloria, mas em você. E não está no passado, mas no presente, e na pessoa que você realmente é, não a pessoa que finge ser — você não é uma mulher, mas uma criança.

Você apenas se compromete com a sua própria diversão e com a atenção de homens diferentes.

Você não sabe o que é estar com apenas um homem — comprometida num relacionamento monogâmico.

O que deu errado? Pensei que poderia mudar você. Isso foi o que deu errado.

Estou farto de suas mentiras constantes e de suas constantes tentativas de me fazer parecer que sou o louco porque você não pode admitir que é uma pessoa horrível.

O que trouxe para a minha vida, Gloria? Miséria, sofrimento e loucura?

Você não sente minha falta. Você só quer um brinquedo para se divertir.

Vá pegar um quebra-cabeça ou um lego. Você é uma criança. Não é mulher.

DESTINO: QUANDO ENCONTRAMOS A ALMA GÊMEA

Ser uma prostituta não fez de você uma mulher. Fez de si uma prostituta com um cérebro infantil.

É quem você é por trás da máscara que mostra a outras pessoas."

Gloria: — "Meu quebra-cabeça está em sua casa."

Adão: — "Você sabe como falar com um garoto que quer para sexo por uma noite. Mas não sabe como falar com um homem que você insultou e desrespeitou de várias maneiras durante anos.

Estou perfeitamente bem em ser gordo e feio e não do seu tipo, ou ser odiado por seus amigos e irmão. Eu me desconectei de tudo isso quando me separei da fonte — você.

Tudo o que veio através de você para a minha vida foi negativo.

Preciso de uma mulher e você nunca será uma. Você será apenas uma criança de 25 anos e uma criança de 35 anos e uma criança de 40 anos.

Aluguei uma casa cara por causa de você, fiquei quase três anos na Lituânia por causa de você, e esse tempo todo você estava se envolvendo com outros caras e festejando com os ratos de seus amigos.

O que você sabe sobre o amor?

Quando conheci você, estava indo para quartos de hotel com um monte de caras, na esperança de obter sexo com algum deles ou todos em uma grande festa sexual.

Depois, quando estava comigo, estava sempre conversando e se encontrando com ex-namorados. O que mais você quer?

Repare, Gloria, não quero mais me casar com você. Desisti dessa ideia delirante há muito tempo.

Você não é a esposa que eu quero. Eu não quero ter filhos com você. Você é totalmente incompetente para ser mãe.

Uma alcoólatra, traidora, fumante de maconha para esposa e mãe de minhas crianças? Não há paciência para tanto.

Quantas vezes você traiu que não admite? Porque vi como você mente.

Você mente tão bem, que uma pessoa precisa ser totalmente insana para mentir como você faz.

E o seu irmão não está contra mim? Sua mãe não está lhe dizendo para terminar o relacionamento? Vitoria não está dizendo que sou velho demais para você? Sua irmã não está lhe dizendo que nada é sua culpa e o relacionamento simplesmente não funciona? Seus colegas de trabalho não estão lhe dizendo que a carreira vem em primeiro lugar e que os homens não prestam, e que precisam duma mulher que lidere em casa? Sua amada psicóloga não lhe disse que manipulo você?

Como alguém pode suportar tanto?

Não quero viver o resto da minha vida com uma prostituta que fode metade do mundo e joga o lixo de outras pessoas em mim. Você me deixa doente e envergonhado.

É assim que me sinto sempre que estou com você na frente dos outros, porque sei que estou vivendo uma mentira com uma pessoa falsa.

Eu nunca vou me orgulhar de você.

Gloria: — "Entendido! Vou pegar minhas últimas coisas e nunca mais vou incomodá-lo."

Adão: — "Quando te conheci, você estava dando em cima de todos os homens e me ignorando o tempo todo.

Você até mesmo foi com Arthuro e seus amigos para um quarto de hotel onde dormiu a noite, só para fazer sexo.

Você nunca concordou em me encontrar, mas estava pegando carona de Tomas, saindo em encontros com Arthuro, e assim por diante.

Eu fiz uma pergunta simples quando saímos pela primeira vez e você disse "não", em relação a ter sexo com estranhos.

E depois descubro que você está se prostituindo no seu quarto, dormindo com um homem nu todas as noites. Ao que você respondeu, "Eu faço o que quiser quando estou solteira" e "não é prostituição quando não recebo dinheiro, mas apenas tenho sexo voluntariamente".

Meu Deus, essas são as palavras mais perturbadoras e doentias e repugnantes que já ouvi em toda a minha vida.

Você se mudou para minha casa, pediu um anel e continuou me traindo, flertando com homens na minha frente, porque"gosta do olhar em seus olhos quando eles querem foder", mas não conseguiu encontrar ninguém que você goste, ou que gostasse de você, caso contrário, como você disse, "você terminaria comigo". E agora você me ama?

Você percebeu isso depois de ter transado com outro cara enquanto eu estava na Ucrânia?

É por isso que me perguntou por que voltei tantas vezes?

DESTINO: QUANDO ENCONTRAMOS A ALMA GÊMEA

Eu até te peguei olhando para outro cara da última vez, em Kaunas, quando estávamos juntos num restaurante.

Algumas coisas simplesmente nunca mudam. Você é quem você é. Eu não posso te ensinar moral, ética e compaixão.

Algumas pessoas simplesmente não têm isso. Você não tem isso.

Você é um ser maligno muito doente. Não é mulher.

Gostaria que nossas brigas tivessem algo a ver com você ser uma mulher. Mas não estão relacionadas com isso. Não são sobre isso.

Todas as brigas são sobre eu esperando que um ser psicopata sem emoções possa entender as conseqüências de suas ações, do passado e do presente. Isso nunca acontecerá.

Seria um grande avanço na psicologia se fizesse isso acontecer.

Você não me ama, Gloria. Você é uma mentirosa.

Tenho certeza de que assim que eu partir você começará a dormir com outra pessoa, até no mesmo dia, se possível.

Talvez eu tenha esperado muito de você, mas não acredito que estamos destinados a ficar juntos. Você tem seu caminho para viver.

E foi um erro encontrar com você antes que terminasse naquele hospital. Deveria ter sido outra pessoa.

Também cometi esse erro. Mas o maior erro, o maior erro de todos, foi acreditar que você poderia mudar quando te conheci. Você está quebrada.

Aos 22 anos, você já estava completamente quebrada. As coisas nunca vão melhorar a partir de agora.

Mas existem muitos homens sem valor neste mundo que irão aceitá-la depois duma noite de sexo. E você sabe disso. Você tem a confiança duma puta.

Nunca serei capaz de fazer amigos enquanto você estiver na minha vida.

Além disso, se você tivesse que escolher entre ficar bêbada e cuidar duma criança, escolheria ficar bêbada.

Se você acha que "te deixo nervosa", quanto mais nervosa você ficaria com uma criança ou duas? Como minha mãe louca, aposto.

Ninguém te deixa nervosa Gloria. Você é simplesmente o resultado de um cérebro psicopata misturado com maconha.

E quão irônico é a vida, quando a única pessoa que sabe tudo sobre você e como consertar você, é a única pessoa em quem você não confia, e aquela pessoa que você mais odeia e insulta.

A verdade dói porque você representa prostituição, maconha, álcool e maldade, e isso vem com um preço. E acredito que o Deus em quem você não acredita, me enviou para sua vida para ter uma segunda chance, porque seu próprio ódio contra mim vem com carma.

E é horrível ver uma pessoa pagando pelo que ela faz.

Você sabe por que pedi para você parar de ficar bêbada e fumar maconha, e por que me importava tanto com quantos caras você fez sexo?

Porque, Gloria, esses foram momentos decisivos em sua vida. Você está muito dentro do inferno. Eu não posso mais te puxar de volta. Tenho que seguir em frente."

Gloria: — "Você disse tudo que queria. Desejo felicidade para você.

Simplesmente não posso acreditar que você estava sorrindo na minha cara, fazendo amor, abraçando, beijando, sendo legal. Eu me sinto tão triste e chateada.

Estou sentindo muito a sua falta. Mas você está certo. Nós não devemos estar juntos.

De fato, não vou a lugar algum em minha vida, porque estou mergulhando na escuridão.

Para mim o mais estranho é que você sabe tanto sobre como o cérebro funciona, as emoções, supressões e etc, mas cuspiu diretamente na minha cara todas as coisas sem remorso e coloquei isso na minha cabeça e me desvalorizei.

Eu não te culpo por nada. Eu preciso de você, mas você não precisa de mim.

Não houve relação entre nós. Toda semana nos separando.

Eu estou ficando com ciúmes de qualquer relacionamento porque não tenho nada.

Não consigo nem relaxar, não consigo pensar, só choro, e escondo minhas emoções.

Estou cansada de não ter uma pessoa para conversar. Não aguento mais isto."

Adão: — "Não sou seu pai ou mãe. Eles falharam em educar você e não é minha responsabilidade consertá-la. Você tem idade suficiente para fazer isso por si mesma.

Se você escolheu desperdiçar sua vida fazendo sexo com estranhos, fumando maconha e se embebedando todo fim de semana, esse é seu problema.

DESTINO: QUANDO ENCONTRAMOS A ALMA GÊMEA

Porque, quando tinha 23 anos, já estava trabalhando muito duro comigo mesmo e gastando muito dinheiro em livros e cursos para me ajudar, para me consertar.

Na sua idade, já estava em muitas religiões e até visitando uma psicóloga. Eu não estava perdendo tempo e esperando por uma mulher para me salvar.

Você se salva, Gloria.

Eu sofri demasiado por causa de você. Não tenho mais paciência para seus insultos e provocações.

Não sou responsável pela sua vida. Você escolheu destruir o relacionamento. Esse é seu problema; não é meu.

Eu tenho uma vida para viver. Você está arruinando tudo.

Até sua voz me irrita agora. Sua presença, feliz ou não, me irrita.

Eu não tenho mais desejo de estar com você.

Senti pena por sua vida, mas a pena foi substituída por desgosto e doença.

Confiar em você é como nadar com tubarões na esperança de não morrer.

Eu gosto de você, mas chegamos a um ponto em que percebo que nunca vai funcionar.

Há muita raiva em você que usa em mim como alvo.

Você odeia muitas pessoas em sua vida, mas reprime, e depois libera essa raiva contra mim e somente comigo. E isso, pelo que vejo, nunca terminará.

Você ganhou o hábito de me atacar porque é fácil para você.

Se sente segura comigo, mas também se sente segura em me atacar. E esses ataques fizeram você me desrespeitar ainda mais.

Eu não me vejo mais em seus olhos. E se odeia a pessoa que você acha que ama, então você não está apaixonada por essa pessoa. Está apaixonada pelo seu próprio ódio.

Amo você, mas seu ódio me distancia. Você quer muito da vida, mas você não está no nível das coisas que você quer.

Você quer se casar, mas não se comporta como uma esposa, ou mesmo uma namorada. Longe disso! Você se comporta como uma traidora e uma mulher desonesta.

Eu não quero viver com uma pessoa que tenha prazer em me machucar e me reprimir o tempo todo.

E certamente não posso estar em um relacionamento com alguém que é egoísta, só pensa em seus próprios desejos, e ignora completamente minhas necessidades.

Preciso de alguém que seja mais madura, respeitosa e amigável. Seu nível de responsabilidade e comprometimento é muito baixo, você até ri da minha cara sempre que vejo você fazendo algo ofensivo.

Você se orgulha de me machucar com traições e realmente desprezo as pessoas que fazem isso.

Não consigo me imaginar vivendo com tal pessoa e encarando tais situações pelo resto da minha vida.

Suas palavras não significam nada, quando você pede desculpas, chora e se arrepende, porque continua fazendo o mesmo.

E há um prazer em me machucar que você aprendeu a apreciar, como um tigre que provou sangue pela primeira vez. E isso, Gloria, é chamado Vampirismo Emocional.

Você gosta de machucar e não posso aceitar isso.

Sinto-me triste ao ver que uma pessoa tão jovem já está tão danificada.

Sinto muito por você. Mas não quero mais me machucar. E eu não acho que você possa ter um relacionamento saudável comigo.

Seu propósito todo esse tempo tem sido provar que estou errado, e não olhar no espelho e ver a si mesma como realmente é.

Acreditei erroneamente que, por ainda ser jovem, não estaria tão prejudicada pelo passado, como muitas pessoas que conheci antes.

Também erroneamente acreditei que você é tímida, amigável e ingênua. Não tinha idéia das muitas noites que você teve com estranhos, sua busca predatória de homens estrangeiros para sexo, e sua natureza super agressiva nos relacionamentos.

Também pensei que sua natureza agressiva era superficial. Eu não tinha ideia de que você me machucaria mais do que ninguém e me usaria para canalizar toda a raiva que sente em relação às outras pessoas.

Eu lidei com muitas pessoas cheias de ódio na minha vida, mas não quero mais isso.

Também lidei com pessoas manipuladoras e desonestas, mas também não quero mais isso.

Aprecio seus esforços para mudar, mas não vi as mudanças que esperava.

DESTINO: QUANDO ENCONTRAMOS A ALMA GÊMEA

Você me faz sentir envergonhado com seu comportamento, seja em público ou em privado. E usa o que aprende de mim para se tornar melhor em me manipular e me provocar.

Você não usou nenhum conhecimento para se comportar melhor. E isso mostra que optou por não melhorar.

Você escolheu me machucar em vez disso. O conhecimento apenas fará você mais forte nesse caminho e propósito.

Você quebrou minha confiança em você, pedaço por pedaço, até que nada mais existisse.

E te disse isso, mas você parecia determinada a destruir o relacionamento desde o começo.

Era como se quanto mais informações entregasse a você, mais usasse isso contra mim.

Você não me respeita ou o que faço, e não respeita meu passado e o que sofri vivendo com mulheres como você.

Eu não te amo o suficiente para aceitar tanta raiva. Eu tentei, mas é mais do que consigo suportar.

E não mereço essa raiva dirigida a mim. Não fiz nada a você para merecer tanto ódio. E não quero estar com alguém que está constantemente planejando vingar-se de mim, como se não tivesse o direito de lhe dizer para parar.

Você é uma pessoa abusiva, e espero que um dia possa encontrar a luz que perdeu, em terapia, religião ou dentro de si mesma.

Espero que um dia você possa deixar essa escuridão dentro de você e que aprendeu a aceitar e chamar de lar.

Espero que um dia você possa desligar a voz em sua cabeça, falando com você de um reino que é estranho para sua alma.

E espero que um dia você possa parar de ter medo de pessoas como eu.

Não entrei em sua vida para te machucar ou me machucar. Não é minha culpa que o relacionamento não tenha funcionado.

Eu fiz o meu melhor para te fazer feliz.

Sua arrogância, egoísmo e maldade não são compatíveis com sua estupidez, preguiça e falta de empatia psicopata por mim.

As únicas emoções que você conhece são medo e raiva, porque está mentalmente doente, presa dentro de seus traumas de infância.

Te dei um anel de noivado para o que?

Você não conversou com Andreas e flertou com outros caras na rua depois de receber esse anel?

Você não merece nada.

E se atreve a me pedir outro anel?

Se não me amava antes e por tanto tempo, então você me usou para transar, certo?

Então, por que fica ofendida quando digo que posso transar com você sem sentimentos?

Se ofende quando outra pessoa é como você? Sua existência ofende você, certo?

Quando te digo o que você me diz, isso te ofende e te machuca, certo?

Mas você ainda me insulta da mesma maneira, depois que te mostrei isso, porque é uma hipócrita.

Você devia parar de gastar seu tempo com pessoas sem valor, ou seguindo o que fazem e desperdiçando seu tempo com bobagens. E aumentar o valor de sua vida fazendo coisas que aumentam sua auto-estima e seu valor pessoal como ser humano."

Gloria: — "Eu quero estar com você, Adão. Estou magoada, me sinto brava, triste e desapontada. Mas ao mesmo tempo sinto sua falta, quero caminhar com você, conversar com você, estar com você, estar ao seu lado e estar com você."

Adão: — "Eu não sei o futuro, mas nunca quis uma mulher que é egoísta e dependente da validação de outras pessoas, e especialmente, homens.

Se você quer ser a esposa de alguém um dia, aprender a ser submissa à pessoa de sua escolha é um bom começo.

Nunca aceitaria uma mulher com uma atitude mal-intencionada. É por isso que as coisas não funcionaram.

Você só precisa olhar para trás para ver o que aconteceu. Mas não exija nada de mim, porque neste momento estou muito confuso, Gloria.

Você me machucou muito e me confundiu de muitas maneiras.

Muitas coisas que encontrei sobre você me chocaram, porque só tinha 22 anos quando te conheci.

Não quero mais brigar, mas você precisa pensar em seus comportamentos quando estiver sozinha."

Capítulo 13

Os acordos não durariam muito, como de costume.

Gloria me encontraria dias depois, com outra tentativa de destruir nosso relacionamento.

Gloria: — "Eu vou no casamento de Samantha."

Adão: — "Samantha está te humilhando e você nem vê isso.

Ela quer que você vá em seu casamento depois de mentir sobre mim, dizendo que queria trair você com ela, porque ela quer destruir sua vida.

Ir ao casamento dela é como colocá-la acima de você."

Gloria: — "Se ela me humilha, e não a você, por que se importa?

Você tem 38 anos e joga esses jogos."

Adão: — "O fato de você ir ao seu casamento prova que está extremamente doente da cabeça, muito mais do que pensava.

Desta vez você não vai mais me ver ou receber respostas.

Se seu propósito em falar com ela é me afastar, considere isso uma vitória.

Aprecie a celebração da sua imbecilidade! Não tenho mais nada para te falar.

Você foi uma pessoa muito decepcionante na minha vida."

Gloria: — "Seja o que for."

Adão: — "Tudo sobre você é demasiado degradante para assistir. Você dorme com um gay, você envia mensagens para estranhos a fim de ter sexo, você vai num casamento sozinha de uma pessoa que destrói seu relacionamento devido ao ciúme, depois de festejar com Ramune, que fez o mesmo. Você é tão degradante Gloria; tão baixa em saúde mental; tão repugnante; que saiba que você foi a experiência mais doentia da minha vida."

Gloria: — "De novo e de novo e de novo e de novo."

Adão: — "Você está brutalizando o relacionamento desde o primeiro dia.

Apenas fique sozinha. Faça um favor a este mundo que já tem muito sofrimento e nem namora ninguém. Ou melhor ainda, vá destruir pessoas más como você e tenha relações com elas antes de cometer suicídio ou ser morta com AIDS.

E considere um milagre você estar em minha vida porque você não tem valor algum como ser humano.

Se você não pode parar de ir ao casamento de Samantha e insistir nisso, e se insistir em me julgar, realmente não sinto vontade de vê-la para o resto da minha vida.

Eu sei o que você está fazendo. Você gosta de ser má.

Está muito doente da cabeça para ficar na minha vida."

Gloria: — "Eu já fiz muito por você e não deu certo. Isto nunca vai funcionar.

Eu continuarei perdendo pessoas por sua causa e nós nos separaremos de qualquer maneira.

Isto já é assim há quase três anos. É muito tempo.

Pelo menos poderia fazer companhia a você antes de ir embora."

Adão: — "O que você realmente fez? Nunca funcionará com ninguém.

E está perdendo pessoas? Quem são pessoas? Samantha é "pessoas"?

Sim, foi um relacionamento muito longo para mim, não para você.

Eu fui o único perdendo minha vida. Nada mudou em sua vida.

Eu sou o único que sempre foi feliz e agora está sempre com raiva.

Nem quero mais a sua companhia. Não quero pensar em você, te mandar mensagens ou te ver mais."

Dias depois dessa discussão, ainda tentava dar uma última oportunidade para o relacionamento, mas Gloria já estava com outra pessoa quando mandei uma mensagem para ela, e decidiu me evitar no domingo à noite.

Ela não podia esperar que o relacionamento terminasse e imediatamente entrou num novo relacionamento em menos de dez dias.

No entanto, escondeu isso de mim, para me manter no escuro sobre tudo, possivelmente como um plano de retirada no caso de não funcionar.

Adão: — "Precisamos conversar antes de eu ir embora do país."

Gloria: — "Hoje não posso. Estou indo em uma excursão sobre um pintor lituano.

Eu posso te encontrar amanhã mesmo antes do trabalho."

Adão: — "Você está indo em uma excursão com quem? Por que você mente? Podemos nos encontrar antes do seu encontro.

Leva cerca de 30 minutos e você está chegando no centro de qualquer maneira.

Pode depois passar a noite transando com seu novo namorado. Eu só quero falar por 30 minutos ou menos.

Sei que você tem alguém novo. Estou deixando você ir embora de minha vida.

Só quero falar algo importante e então você pode voltar para sua vida com ele."

Gloria: — "Eu vou na excursão às 10 da noite. Terminará às 11 da noite. Posso te encontrar depois. Eu vou com Samantha."

Adão: — "Ótimo! Você pode me encontrar por volta das nove da noite, ou posso encontrar você e Samantha mais tarde. O que você prefere?"

Gloria: — "Estou na casa dela agora. Não posso te encontrar hoje. Posso te encontrar amanhã."

Adão: — "Tantas mentiras. Eu estou indo no centro. Onde posso encontrar você? Responda!"

Gloria: — "Que diabos! Estava tendo uma conversa. O mundo não gira em volta de você."

Adão: — "Onde e a que horas te encontro hoje? Me responda!"

Gloria: — "Não posso te encontrar hoje. Só amanhã! O que você quer falar? Não estou mentindo, Adão. Podemos nos encontrar amanhã em qualquer momento.

Para seu próprio conforto, posso passar por qualquer lugar onde você esteja."

Adão: — "A que horas?"

Gloria: — "O que quer dizer que não pode dizer aqui? Eu te encontrarei amanhã às 6 da tarde."

Adão: — "Você está no centro agora?"

Gloria: — "Sim."

Adão: — "Então te encontro no centro."

Gloria: — "Não, não hoje. Não te encontrarei hoje. Amanhã às 17h."

Adão: — "Termine mais cedo para me encontrar. Combinado?"

Gloria: — "Eu não posso terminar mais cedo. O que você está falando?"

Adão: — "Não acho que o nome dele seja Samantha. Onde está você?

Você não pode nem esperar antes de começar a dormir com outra pessoa?

Você mente demais. É péssimo agendar se encontrar amanhã depois de dormir com outra pessoa hoje.

Você leva sua insanidade longe demais Gloria.

Você não quer ser pega trapaceando, mas só quero falar com você.

Não pode dizer ao novo cara que espere 15 minutos antes de abrir as pernas?"

Gloria: — "Você está falando bobagem. Eu estou com ela e vamos para casa. Vejo você amanhã."

Adão: — "É a mesma história por três anos. Há sempre uma "Samantha". Divirta-se com "Samantha".

Gloria: — "Acredite no que quiser. Se estivesse com um cara, nem conversaria com você."

Adão: — "Não há mais necessidade de mentir, Gloria.

Você não está dormindo em sua casa e você não é mais uma adolescente, e isso é tudo que preciso saber. Aproveite a noite!"

Gloria: — "Sim, estou dormindo na casa de Samanta."

No dia seguinte disse:

Adão: — "Você concordou ontem em se encontrar, portanto agradeço que não me faça perder meu tempo com mais mentiras. Se você disse que vai me encontrar hoje depois de ser fodida ontem à noite, então vai fazer isso mesmo.

Depois pode continuar sendo uma prostituta para sempre. Combinado?

Eu só quero conversar."

Gloria: - "Então posso te encontrar às 16 horas."

Eu me encontrei com Gloria, mas não mais para falar com ela, pois não havia motivo para isso.

Ela estava diferente. Nem conseguia olhar nos meus olhos.

Ela andava claramente tendo sexo com outra pessoa.

Seu comportamento todo me mostrou que passara o fim de semana dormindo com outro homem. E tinha sacos de roupas em suas mãos provando isso.

Ela deve ter se sentido envergonhada pois tentou me evitar, dizendo que precisava ir para outro lugar e não tinha tempo para conversar comigo.

DESTINO: QUANDO ENCONTRAMOS A ALMA GÊMEA

Também já estava preparado para isso. Então, quando percebi que estavam menos pessoas por perto, me coloquei na frente dela, como se a fosse beijar, e ela desarmou e relaxou os ombros.

Naquele momento peguei a mão dela e roubei o celular dela. Insisti que ela deveria me dizer a senha ou jogaria o telefone no rio próximo. Mas ela recusou e começou a gritar, como se eu fosse um ladrão comum:

— "Dê-me o celular!"

Ela queria chamar a atenção das pessoas que passavam para interferirem, mas também estava pronto para isso.

Naquela manhã, fui ao cabeleireiro, cortei meu cabelo e estava usando sapatos bem formais e uma camisa cara, como um homem de negócios. Portanto, quando as pessoas olhavam para mim, não percebiam que era um assalto.

Na verdade era. Eu nunca fiz isso antes, mas minha paciência acabou.

Enquanto ela continuava gritando e se recusava a cooperar, comecei a correr com o celular no bolso.

Ela veio atrás de mim, mas não conseguiu me pegar.

Quando cheguei em casa, escondi o celular dela.

Ela tocou a campainha e abri a porta, mas pedi a carteira com o dinheiro e disse que iria devolver se ela cooperasse.

Nesse momento, parou de gritar e agir violentamente como de costume.

Coloquei a carteira na varanda e pedi que colocasse a senha no celular.

Ela então sentou na minha frente enquanto estava apagando tudo; todos os vídeos e fotos que tiramos juntos por três anos. Tudo!

Eu me certificaria de que ela não tivesse mais lembranças de nós. E vi muito que não estava preparado para ver.

Ela tinha muitas fotos minhas em que estava completamente nu na cama ou fazendo uma cara tola.

Não admira que ela tenha me visto como o idiota com quem transou — era tudo o que ela queria fotografar para lembrar.

É como viver com um fotógrafo sempre esperando por seus piores momentos, mesmo quando você dorme, ou se distrai, até mesmo seus rostos zombeteiros, para pegar o pior de você e depois retratá-lo como um personagem de desenho animado sem personalidade.

Eu então devolvi o celular e a carteira e a coloquei fora de casa, dizendo a ela:

— "Olhar as fotos em seu celular me fez sentir doente, irritado e triste ao mesmo tempo. Porque é como se minha vida fosse uma invenção sem sentido.

Eu não sou a pessoa que aparece nas fotos, mas a versão que você queria que fosse — um tolo patético para entretê-la como um macaco.

É uma experiência traumática ver a realidade através dos olhos duma pessoa como você.

Meu erro foi pensar que poderia te ajudar a não ser mais malvada. Te ofereci minha casa, e não deu certo fui a única pessoa que a visitou no hospital quando você quase morreu, e trazia comida cozinhada por mim todos os dias, e você também não se importou com isso. Nunca desrespeitei você a sua família ou menti sobre você, como você fez comigo, e você também não se importou com isso. Fui paciente com você e sua maldade e você também não se importou. Te levei para viajar comigo para vários países e você também não deu valor a isso.

No final, você me usou para me enganar, provocando-me para criar vídeos com minhas reações e destruir minha reputação. Isso está além do mal. É psicopata. É muito doente da sua parte.

Eu nunca faria essas coisas com você. E tive muitas chances, de simplesmente filmar você agindo de forma insana, como sempre. Mas nunca pensei em fazer isso.

E pelas fotos tiradas, posso ver que você teve uma vida muito boa comigo.

Você não pode ser feliz. E esse é o problema real aqui. Mas Deus sempre responde a minhas orações e eu rezei muito por uma resolução.

Eu realmente fiz isso. E você não acredita em Deus, mas saberá que Ele é real, porque Ele continuará a distraí-la, com pessoas que aparecem do nada para tirar você da minha vida.

Você vai continuar encontrando muitos outros homens depois de mim, e quando meses depois tudo desmoronar, vai lembrar de mim, e saberá que Deus é real, porque não desejo e nunca desejei que algo ruim acontecesse com você, mas carma virá correndo a uma velocidade mais rápida assim que estiver fora de sua vida.

Só não quero mais ver seu rosto. Eu não quero mais sexo com você. Você me enoja.

Você está tão doente que transar com você me enraivece profundamente.

DESTINO: QUANDO ENCONTRAMOS A ALMA GÊMEA

Nem mesmo me envie mais ofertas de sexo. Nem me peça um 69."

Gloria: — "69 é apenas um número."

Adão: — "Não quando você atingir essa idade e estiver completamente sozinha.

Então saberá que não é apenas um número."

Gloria: — "Me desculpe! Foi minha culpa falar com você de maneira errada."

Adão: — "Apenas saia!"

Gloria: — "Obrigado pelo que você fez por mim, Adão."

Adão: — "Eu sei quem você é agora. Sei o quão repugnante e malvada você realmente é. Sei como você é inútil e vingativa.

Vi o mundo através dos seus olhos e descobri o quão insana é a sua natureza.

Todos os seus relacionamentos falharão e pagará para sempre pela traição e todas as mentiras que me contou.

Você nunca será feliz. Sempre será infeliz. Mas isso já sei há muito tempo.

A diferença Gloria, é que parei de me importar.

Você cruzou as fronteiras da sanidade muitas vezes e tentou destruir a única pessoa que realmente ajudou você.

Você continuará fazendo sexo com outros caras que Samantha e outros amigos lhe apresentarão e sempre celebrará sua imbecilidade. E sua doença mental irá literalmente destruir você.

E tenho pena de você por causa de todas as doenças que você terá durante a sua vida. Mas não vou assistir a sua miséria novamente.

Você é como um vampiro dentro do seu próprio filme de terror.

Foi interessante assistir a tudo dos seus 22 a 25 anos, mas meu papel no filme chegou ao fim.

Tenho pena da sua miséria. Tenho pena de suas lágrimas. Mas você é muito má e insana para merecer compaixão.

A ironia de sua história é que em toda a sua existência neste planeta nunca encontrará alguém capaz de ajudá-la. Eu era o único.

Você usou minha ajuda contra mim e perdeu por fazer isso.

Você é burra demais para saber o que perdeu e continua perdendo.

Sua vida chegou ao fim quando terminei com você.

Não tente voltar para mim depois de seus muitos fracassos futuros. Eu nem quero que você pense em mim.

Quero você o mais longe possível."

Gloria: — "Eu aprecio o que você fez por mim."

Adão: — "Tenho certeza que você apreciou muito quando transou com outros homens.

Conte sua besteira para aqueles que são mentalmente retardados o suficiente para se importar! O que você fez comigo nunca será esquecido.

Continue sendo a prostituta imunda que era antes de me conhecer. Isso é quem você é realmente.

Você me disse uma vez: "Quem você pensa que é? Meu Anjo da Guarda?" E a isso eu te respondo: Obrigada! Este é um final perfeito para nossa história.

Não é incrível como, prevendo o futuro, salvei sua vida, para que você repita tudo de novo?

Só que desta vez acabou. Eu nunca voltarei."

Capítulo 14

Pensava que tudo havia terminado entre nós e comecei a empacotar e vender minhas coisas, a fim de sair de casa e para outro país.

Mas semanas depois, Gloria tentou me encontrar novamente.

Ou o novo relacionamento dela não estava funcionando, ou ela simplesmente sentia minha falta.

Gloria: — "Posso te convidar para um café? Sem qualquer má intenção."

Adão: — "Estou lendo um livro num café no lado antigo da cidade. Você pode me encontrar aqui."

Quando chegou, Gloria estava usando uma minissaia e agiu com muita educação e cuidado para evitar que eu ficasse com raiva de qualquer forma.

Sua voz era suave e gentil também.

Gloria: — "Oi, como você está? O que tem feito ultimamente?"

Adão: — "Você veio dizer adeus?"

Gloria: — "Não necessariamente, a menos que seja o que quer."

Adão: — "Eu fiz tanto por você e estava sempre tentando me provocar para fazer vídeos. Por quê?"

Gloria: — "Porque se me bater, tenho provas para mostrar para a polícia."

Adão: — "Então você estava basicamente tentando me colocar na cadeia sem motivo."

Gloria ficou quieta.

Adão: — "Você transou com mais alguém ultimamente?"

Gloria: — "Não, mas beijei um cara no casamento da Samantha", disse Gloria com orgulho.

Adão: — "Quantas vezes você me traiu ou foi a única vez?"

Gloria: — "Foi só desta vez. Estou te contando a verdade. Mas nós não estávamos mais juntos, portanto não é traição."

Adão: — "Por que fez isso?"

Gloria: — "O cara era muito atraente e queria beijá-lo."

Adão: — "Eu te tolerei por três anos por causa das suas lágrimas. Passei dias inteiros no hospital com você, depois que festejou por um mês como uma prostituta bêbada com seus amigos. Você tinha tubos entrando em seu corpo e estava recebendo uma transfusão de sangue; você estava uma bagunça total. E eu não te abandonei.

Mesmo que possa morrer um dia de câncer de ovário e nunca dar à luz um filho meu, nunca deixei você sofrendo sozinha. E você beija um cara qualquer numa festa?

Que tipo de ser humano desgraçado é você?"

Gloria: — "Eu não posso ser grata a você toda a minha vida só porque me ajudou."

Adão: — "E aposto que beijou o cara na frente de Samantha, não é verdade?"

Gloria: — "Sim! Na verdade, eu o beijei na frente de todos. Todo mundo viu."

Adão: — "Você literalmente beijou Samantha na bunda depois que ela tentou destruir seu relacionamento, como se estivesse fazendo um show degradante para ela.

Isso é tão humilhante!"

Gloria: — "Do que está falando?"

Adão: — "Como pode ser tão vazia? Não há nada dentro de você?"

Gloria: — "Nós não estávamos juntos. Nós terminamos.

Vamos dar um passeio perto do rio e conversar sobre outra coisa."

Concordei, mas ainda estava em choque.

No caminho, dei um passo à frente, e na frente dela, toquei-a com a mão esquerda no ombro direito e perguntei mais uma vez:

— "Você realmente beijou outro cara?"

— "Nós não estávamos mais juntos", ela respondeu com arrogância e um sorriso orgulhoso a combinar.

E foi aí quando minha mão direita voou contra seu rosto em alta velocidade, e tão forte quanto poderia bater.

— "Não, Gloria! Agora, não estamos mais juntos, com toda a certeza."

Ela levou a mão esquerda ao rosto, surpresa e não disse nada.

DESTINO: QUANDO ENCONTRAMOS A ALMA GÊMEA

Eu virei costas e fui embora.

De longe, observei-a voltar para casa, como se fosse apenas mais um dia normal.

Ela não chorou, não parou para pensar sobre o que fez por um segundo, não se desculpou, não respondeu com nem uma palavra.

Antes de pegar o ônibus, vi ela mandando mensagens para alguém, provavelmente dizendo a seu novo namorado que tudo entre eu e ela estava acabado para sempre.

Sim, nós terminamos. Mas também éramos almas gêmeas destinadas a nos encontrarmos.

Eu também estava limpando o carma dela. E agora seu destino iria em outra direção, o mesmo caminho que interrompi entrando em sua vida.

Foi nosso destino nos conhecermos e nos apaixonarmos e construir uma família juntos, viajar o mundo inteiro e aproveitar a vida.

Era um sonho compartilhado, ter um relacionamento bonito enquanto iriamos explorar o planeta inteiro de mãos dadas. E muitos milagres teriam ocorrido se Gloria tivesse permanecido comigo. Ela nunca teria terminado naquele hospital, nunca teria trapaceado com ninguém e certamente teria um bebê comigo, mesmo que um milagre fosse necessário para que isso acontecesse.

Mas Gloria mudou esse destino. Um destino que só poderia se manifestar através de duas almas gêmeas.

Depois desse dia, a vida de Gloria entrou numa completa e rápida espiral cármica descendente.

Seus amigos mais íntimos, que estavam dizendo para ela me abandonar, a abandonaram, depois de insultá-la e humilhá-la em público várias vezes, assim como ela havia feito comigo por três anos.

Sua experiência com o novo emprego tornou-se insuportável, pois as pessoas a intimidavam, a invalidavam e a discriminavam dentro do escritório, exatamente como ela fizera comigo em casa, especialmente depois de perceberem como ela é manipuladora, narcisista e egoísta.

Gloria acabou sendo demitida quando menos esperava, e se sentiu abandonada assim como me abandonou, acabando com nada, assim como fez comigo.

Ela encontrou-se sem oportunidades para novos empregos e sem amigos.

Contando apenas com suas economias, se mudou para a casa de seus pais no campo, onde experimentaria o que ela me fez experimentar por três anos — a solidão.

Capítulo 15

Durante os muitos dias intermináveis de depressão e desespero, Gloria percebeu o que havia perdido e chorou muitas horas na sua cama.

Essa perda só podia ser esquecida durante breves momentos da manhã com os raios do sol que emergiam entre as árvores da floresta.

Ela se lembrou, enquanto observava o sol da janela do seu quarto, como eu amava a manhã e dizia a ela que acordar olhando para os olhos dela era o melhor momento do meu dia.

Ela ainda tinha essas memórias consigo como se fosse a única coisa que restava em sua vida. Porque nunca mais Gloria ganharia outra oportunidade para ser curada e experimentar o amor verdadeiro.

De fato, apenas o amor poderia curá-la da tendência em desenvolver cistos em seu corpo e câncer também.

Ela passava as tardes caminhando na floresta, ouvindo os pássaros e tentando recuperar sua alegria pela vida, assim como lhe havia ensinado.

Sua necessidade de desenvolver relacionamentos baseados em atração física e validação, em vez de amor, a tornou mais vazia como um ser humano.

Depois daquele último dia comigo, Gloria nunca mais teve um relacionamento que duraria tanto tempo. E nunca mais encontrou um homem que pudesse fazê-la se sentir do jeito que ela se sentia comigo.

Com cada homem com quem ela dormia, se lembrava de mim. E com essas lembranças vieram os flashbacks insuportáveis de seus erros. Mas ela não conseguia lidar com a culpa ou com o fato de que, a essa altura, eu já estava casado com outra pessoa, mais jovem e mais atraente do que ela.

Ela não conseguia lidar com o fato de que eu havia mudado muito e para melhor, formado minha própria família e conseguido tudo que ela não era capaz de me proporcionar — um casamento saudável com uma linda esposa, crianças bem educadas, bonitas e saudáveis, e um estilo de vida luxuoso, viajando para muitos países do mundo.

Gloria me perseguiu nas redes sociais por um tempo muito longo porque não podia deixar seu passado comigo. E com cada foto da minha família, minha linda esposa e nossos filhos incríveis, era como se ela estivesse se cortando profundamente no peito com o arrependimento do que tinha feito a si mesma.

A dor emocional era insuportável e tentou cometer suicídio várias vezes sem sucesso.

Ela não conseguia lidar com essa tremenda contradição, que eu estava tendo uma vida plena de felicidade, ficando mais rico a cada dia, que eu era mais feliz e mais popular do que nunca, enquanto ela vivia miseravelmente, triste e sozinha, com nada para validar sua existência.

A única coisa que Gloria poderia ter eram relacionamentos vazios com homens que a usavam apenas para sexo, como falsamente me acusava de fazer com ela.

Por causa disso, ela se tornou amarga, ressentida e com muitos remorsos.

Seu ódio, uma vez dirigido a mim, voltou agora para ela e ficou muito evidente em sua aparência.

Gloria sentiu-se aliviada quando, anos mais tarde, foi diagnosticada com câncer terminal. Queria morrer de qualquer maneira.

Quando o médico lhe deu a notícia, reagiu como sempre, sem medo, sem qualquer remorso, sem qualquer simpatia por si mesma.

Ela nem chorou. Ela aceitou seu destino como se não se importasse mais com sua existência e ficou feliz em finalmente terminar a vida.

Cumpri meu destino, destinado a ser compartilhado com Gloria, mas com outra mulher.

Depois que Gloria morreu durante a noite, sozinha no hospital, foi capaz de testemunhar essa felicidade e senti-la com lágrimas, como o fantasma de uma mulher que havia morrido com uma doença mortal que poderia ter sido curada com amor verdadeiro — o amor espiritual de uma alma gêmea.

Pedido de Revisão.

Caro leitor, Obrigado por adquirir este livro! Adoraria saber sua opinião. Escrever uma resenha de livro ajuda a entender os leitores e afeta as decisões de compra de outros leitores.

Sua opinião importa. Por favor, escreva uma resenha!

Sua gentileza é muito apreciada!

Lista de Livros

Livros escritos pelo autor:
Agne: Na Mente de Uma Narcisista
Desencanto: Poemas de Rowan Knight
Destino: Quando Encontramos a Alma Gêmea
Escravo: Cumprindo Uma Profecia
Inumana: Cartas Para Uma Narcisista
Profecia: Uma Mensagem Para a Humanidade
Quimera: Quando Uma Ninfomaníaca Se Apaixona
Uma Chance: 20 Histórias Curtas, Imprevisíveis e Com Uma Lição Moral

About the Publisher

This book was published by 22Lions.com.
Follow us at Facebook.com/22lions